Grandma's Santo on Its Head / El santo patas arriba de mi abuelita

Grandma's Santo on Its Head

Stories of Days Gone by in Hispanic Villages of New Mexico

El santo patas arriba de mi abuelita

Cuentos de días gloriosos en pueblitos hispanos de Nuevo México

Nasario García

University of New Mexico Press
Albuquerque

Printed in the United States of America
18 17 16 15 14 13   1 2 3 4 5 6

Library of Congress Cataloging-in-Publication Data
García, Nasario.
Grandma's santo on its head : stories of days gone by in Hispanic villages of New Mexico = El santo patas arriba de mi abuelita : cuentos de días gloriosos en pueblitos hispanos de Nuevo México / Nasario García.
pages cm
English and New Mexican Spanish.
"In *Grandma's Santo on Its Head: Stories of Days Gone By in Hispanic Villages of New Mexico*, I have endeavored to re-create facets of our rich cultural heritage in rural New Mexico. The bilingual accounts, which I translated myself, are creations of my own imagination, but they do emphasize a realistic portrayal of events and characters and their modus vivendi. . . . The English version of each story is accompanied by a brief essay that puts in perspective the historical and cultural importance of the topic"—Preface.
ISBN 978-0-8263-5328-3 (pbk. : alk. paper) — ISBN 978-0-8263-5329-0 (electronic)
1. Hispanic Americans—Fiction. 2. Rio Puerco Valley (Rio Arriba County-Socorro County, N.M.)—Social life and customs—Fiction. I. García, Nasario. Short stories. Selections. II. García, Nasario. Short stories. Selections. English. III. García, Nasario. Llorona no era una mujer. IV. García, Nasario. Llorona no era una mujer. English. V. Title. VI. Title: Santo patas arriba de mi abuelita : cuentos de días gloriosos en pueblitos hispanos de Nuevo México.
PQ7079.2.G35G73 2013
863'.64—dc23
2012050042

DESIGN AND COMPOSITION: Catherine Leonardo
Composed in 10.5/13.5 Minion Pro Regular
Display type is Zephyr Regular, Plantin Std Semibold

To my sister-in-law, Jeanne Freeman, whose travel adventures with me and my wife through Spain and Portugal are memorable. Ready for a *caña*?

Outsiders can never quite capture and explain the essence of a culture, which is properly the task of a native insider.

El extranjero jamás podrá captar y describir la naturaleza de una cultura, la cual pertenece propiamente a la persona nativa [traducción del autor].

—Marc Simmons,
Coronado's Land: Essays on Daily Life in Colonial New Mexico

Contents / Índice

Preface

For centuries, Hispanics in northern New Mexico practiced and honored countless customs, beliefs, superstitions, and community events that composed an integral part of our cultural tapestry. Not long ago, before they passed away, old-timers like my parents and grandparents could speak eloquently about a litany of subjects dear to their hearts and reflective of our enduring past. Today, with rare exception, those recollections are etched only in out-of-print books, private tape recordings, or oral histories stored in personal or special library holdings.

In *Grandma's Santo on Its Head: Stories of Days Gone By in Hispanic Villages of New Mexico*, I have endeavored to re-create facets of our rich cultural heritage in rural New Mexico. The bilingual accounts, which I translated myself, are creations of my own imagination, but they do emphasize a realistic portrayal of events and characters and their modus vivendi, which are based on my childhood experiences in the countryside. (My paternal grandparents and maternal grandmother are the only persons mentioned by their real names or nicknames.) Nowadays these stories—excluding those of the Wailing Woman and, to some extent, the evil eye—are not readily available to the reading public. In total they may also seem a bit esoteric and out of sync with contemporary life and not like part of our lasting legacy.

The English version of each story is accompanied by a brief essay that puts in perspective the historical and cultural importance of the topic in question. Among the stories told are those of the evil eye, rooster racing, and punishing the saints, which have been popular not only in New Mexico but also in different cultures of the world, especially in those of Spain and Latin America, but the focus of the stories of the Wailing Woman and the disobedient son is more regional (Mexico and the American Southwest) in scope. On the other hand, stealing a bride, coupled with the *entriega de novios* (wedding song) and its accoutrements, is vintage New Mexico.

Except for the story on the evil eye, which takes place in Bernalillo, just north of Albuquerque, where I spent summers as a child with my maternal grandmother, the tales transport the reader to my village of Ojo del Padre (a.k.a. Guadalupe) in the Río Puerco valley, where I grew up. My valley, situated southeast of the celebrated Chaco Canyon, was featured in the 2012 New Mexico centennial stamp.

The traditions portrayed in *Grandma's Santo on Its Head: Stories of Days Gone By in Hispanic Villages of New Mexico* once upon a time were eminently popular in small villages of northern New Mexico. So come along and let me take you back in time on a marvelous journey of cultural experiences. I hope you find each story exciting, entertaining, and educational.

Nasario García
Santa Fe, New Mexico

Prefacio

A través de los siglos, los hispanos en el norte de Nuevo México celebraban y honraban un sinfín de costumbres, creencias, supersticiones, y actividades que constituían una parte íntegra de nuestro tapiz cultural. Hasta hace poco, antes que ancianos como mis padres y mis abuelitos fallecieran, ellos eran capaces de contar con gran elocuencia una serie de sucesos que reflejaban nuestro patrimonio. Hoy día, con rara excepción, esos recuerdos sólo se hallan en libros que están agotados, en grabaciones particulares, o en historias orales ya sean personales o en colecciones especiales en bibliotecas.

En *El santo patas arriba de mi abuelita: Cuentos de días gloriosos en pueblitos hispanos de Nuevo México*, he procurado recrear trazas de nuestra riqueza cultural. Los relatos bilingües, los cuales yo traduje, son productos de mi imaginación, pero al mismo tiempo enfatizan una descripción realista de acontecimientos y de personajes y sus vidas cotidianas a base de mis experiencias de niño en el campo. (Mis abuelos paternales y mi abuelita maternal son las únicas personas que menciono con sus propios nombres o sobrenombres.) Hoy en día dichos relatos, excepto los cuentos de La Llorona y hasta cierto punto el mal ojo, no se ven impresos. A lo mejor se perciban más bien como algo esotérico y fuera de enfoque frente a nuestras vidas contemporáneas y no como parte de nuestra herencia.

Cada cuento va acompañado de un ensayo corto en inglés en el cual se coloca el tema de cada cuento dentro de una perspectiva histórica y cultural. Entre los cuentos se encuentran el mal ojo, la corrida del gallo, y el castigo de los santos, que han venido siendo populares no sólo en Nuevo México sino también en diferentes culturas del mundo, entre ellas las de España y América Latina, pero el enfoque sobre los cuentos de La Llorona y el hijo desobediente es más bien regional (México y el Suroeste de los Estados Unidos). Por otro lado, el robarse a una novia, junto con la entriega de novios y sus adornos, es algo más bien nuevomexicano.

A parte del cuento con relación al mal ojo, que tiene lugar en Bernalillo al norte de Alburquerque, donde me pasaba los veranos de niño con mi abuelita maternal, las narraciones llevan al lector a mi pueblito de Ojo del Padre (también conocido como Guadalupe) en el valle del Río Puerco, donde me crié yo. Mi valle, localizado al sureste del célebre Chaco Canyon, ahora consta parte del sello centenario de Nuevo México, que llegó a ser estado en 1912.

Las tradiciones descritas en *El santo patas arriba de mi abuelita: Cuentos de días gloriosos en pueblitos hispanos de Nuevo México*, en tiempos antiguos fueron sumamente populares en lugarcitos del norte de Nuevo México. Así que te convido a que me acompañes en este viaje maravilloso de aventuras culturales del pasado. Ojalá que encuentres cada cuento excitante, divertido, y educativo.

Nasario García
Santa Fe, Nuevo México

Acknowledgments

No book that sees the light of day stands alone. Between its covers the spirit, inspiration, and support of people, both imaginary and real, are present. The fictional characters in my stories, coupled with my paternal grandparents and my maternal grandmother who are mentioned by name, reflect and attest to the Hispanics' rich cultural heritage of northern New Mexico that has virtually disappeared from our midst.

I especially want to thank the staff at UNM Press. Each one, individually and collectively—including editor-in-chief W. Clark Whitehorn, production editors Amanda Piell and Felicia Cedillos, designer Catherine Leonardo, marketing manager and publicist Katherine MacGilvray, and sales manager Katherine White—are the tour de force behind my book and are consummate professionals.

La Llorona Was Not a Woman

Introduction: La Llorona

The legend of La Llorona—the Wailing Woman—has existed in the American Southwest since the sixteenth century, when Spanish explorers first set foot in this vast territory. Mexico's influence has also helped to keep the legendary figure alive among Hispanics, as well among other ethnic groups. Whether at home, in schools, in libraries, or in community centers within the inner city or in rural areas, there is hardly a person, young or old, who is not acquainted with the La Llorona.

If a thousand stories were told about her, no doubt there would be as many different versions. But one common element sure to run through each tale is that in a moment of madness or despair La Llorona drowned her children. As punishment for her sins, she was from then on destined to be haunted by the sound of water at night.

I grew up in the Río Puerco valley southeast of the famous Chaco Canyon in New Mexico, where the legend of La Llorona took on a different slant from the versions told in other parts of the state and the American Southwest. Although to many people she was more mythical than real, some old-timers in my valley insisted that the wailing sounds came not from La Llorona in search of her lost children but from various local animals whose cries resembled those of a woman.

"La Llorona Was Not a Woman" is my own creation. The creepy tale is intended for anyone ages six to ninety-six, which is also true of the remaining five stories in this collection.

La Llorona Was Not a Woman

I grew up near Ojo del Padre (also called Guadalupe), a small village that is now a ghost town in the Río Puerco valley. It is located southeast of Chaco Canyon, where the Ancestral Puebloans lived hundreds of years ago. My family and I lived along the Río Puerco about two miles from the village.

As a small boy, I heard all kinds of stories about witchcraft, superstitions, and the supernatural. Among these stories was that of La Llorona.

Some old-timers in my valley were convinced that the weeping mother at one time walked the banks of the Río Puerco, crisscrossed deep arroyos, visited lagoons, or went to *aguajes* (watering places) at night in search of her children, whom she drowned in a fleeting moment of rage. But a group of men from the Río Puerco valley were also convinced that La Llorona was not a real woman at all. They thought she was an animal, and they were prepared to prove it. These are their stories.

One evening in late October, some gentlemen came to Grandpa Lolo's house (Lolo is what we grandchildren called him) in La Cañada del Camino, south of Cabezón Peak. They were there to discuss the next election because Grandpa Lolo was a political *patrón*, or boss, in my village. Among those present were Bonifacio Valdez, Catalino Jaramillo, Hilario Molina, and José Juan Valencia. Except for don José Juan, who joined them later, they all arrived on beautiful horses with their bedrolls tied behind their saddles, ready to stay overnight if necessary.

When Grandma Lale (that's what we grandchildren called her) was gone, I usually spent a night or two with Grandpa Lolo. That night, she was away in Albuquerque, so I would be spending the night at Grandpa's house. I already had set up my special nook in the kitchen near the potbelly stove.

I was really excited, although listening to these men talk politics—which I had done once before—was more than a seven-year-old could understand. When they finished their discussion and had consumed at least a couple pots

Arroyo de la Tapia, where a goat-turned-llorona drowned.

of coffee that I had brewed, one of them said he was tired and wanted to retire for the night. That's when the fun began.

"Good grief! There's my compadre Bonifacio, going to bed with the chickens," mocked don Hilario, whom I had met at Grandpa Lolo's last political meeting. Don Hilario was the comedian in the group. "How about a little story before you go to bed?" he added.

"Yeah. How about something really spooky, so we can get up in the middle of the night and walk in our sleep?" don Catalino interjected. "How about witches in flight? Better yet, tell us one of your favorite tales of La Llorona."

It was not difficult to convince don Bonifacio. Grandma Lale had told me that he was a good storyteller. I was about to find out why.

Don Bonifacio came from Ojo del Padre. He was known more for being a roving musician than for being a politician. He and his violin were inseparable. On weekends don Bonifacio went from village to village with his violin tucked under his right arm, ready to play at dances if people were willing to give him a few nickels. That was his way of earning money to buy strings for his violin or to purchase a small flask of wine to warm up his blood on cold nights while on the road. A guitarist would join him from time to time. And if not, don Bonifacio played alone, but the mood never failed to be festive.

Don Bonifacio had his share of witchcraft stories to tell, but no story seemed to appeal more to his friends—including those at Grandpa Lolo's house—than that of La Llorona.

"She's no more a woman than I am," don Bonifacio said. "She's no more a bruja, a witch, than I am a brujo. She's a female mountain goat! I have seen her with my own eyes, and I have heard her lament numerous times in the dead of night and in the wee hours of the morning. I saw her one time by El Arroyo de la Tapia near the Enchanted Mesa when I was on my way home from a dance in Casa Salazar. Often I have listened to the goat's mournful cries, stifled by the roaring waters as she gasped for air and flailed her front legs, struggling to swim but only sinking underwater, never to come back up again. Those are the cries people hear—not the ones of a weeping woman."

"But were you drunk when you saw and heard this goat?" don Catalino asked, implying that don Bonifacio was making things up. Aside from don Hilario, he was the most humorous of the bunch.

"What does it matter?" don Bonifacio answered, as I listened to the give-and-take. "When a goat starts off with her *baaah, baaaah*, and then it turns into the *ayyyyyyyy, ayyyyy, ayyy* of a woman, what does it matter?"

He was trying his best to convince his companions that La Llorona was nothing more than a female goat in distress.

"Well, well," don Catalino clucked. "If you want to talk about the goat making noises like a woman, how about a rabbit?"

"Yeah, what about it?" don Bonifacio shot back, as though trying to get even with him for doubting his story.

"Well, as I started to say before my good friend Boni stuck his spoon in my *atole*,*" don Catalino said playfully while everyone offered a laugh, "one night, a long time ago, I joined this Basque sheepherder, who was a *cuate*, a buddy of mine, who came to New Mexico from northern Spain. In case you didn't know, many Basques have come to New Mexico as sheepherders.

"Anyway, my friend's name was Edur, but some ranchers and farmers called him Eduardo. He was herding his flock of sheep west of Cabezón Peak in an area known for its good, tall grass called zacatón. I wish he were alive, so you could hear this story right from the horse's mouth, but he died several years ago. I was a young boy at the time, and he invited me to spend a night at his campsite. I went there with my mom's blessings because my dad was away working for the government.

"The night was hot, and the summer winds weren't blowing down from El Cerro de las Yeguas to the west the way they normally did. At times they would whip down into El Cañón de los Mesteños like all get out and then rise and travel east across the plains before they hit and bounced back off Cabezón Peak. According to Edur, that night was fairly calm compared to other nights. The full moon that brightened the landscape looked like one of my mom's huge balls of homemade cheese.

"Edur had pitched a small tent, and he and I sat around the campfire and chatted about things popular in his Basque country. One of them was the evil eye, a superstition that was also common in New Mexico. He loved to connect cultural dots between Spain and his adopted land, New Mexico, the Land of Enchantment.

"Since the sun had long disappeared behind El Cerro de las Yeguas, and the stars had begun twinkling, Edur got up to survey the flock before we went to bed. His two sheep dogs were also all eyes. Each dog rested quietly on the ground with his head between his front paws on the lookout for any unusual movements and for coyotes. Everything was calm until Edur and I climbed inside the tent to go to sleep.

---

*To stick one's spoon in the atole is to interrupt someone.

"Suddenly, it felt like the ground was beginning to shake. The sheep moved restlessly. Edur crawled from the tent, and I followed him. He noticed a coyote by one of the junipers. We had heard coyotes howling earlier, but Edur didn't pay much attention to them because they sounded far from the campsite. The sheep continued acting nervous as the dogs circled them to ensure that they did not scatter.

"All of a sudden, there was a quick rustling noise by the juniper. Then there was a loud shriek that sounded like a crying baby. The crying lasted only seconds, but the louder the lament, the more it sounded like a woman crying. Then the scary howling came to an abrupt stop.

"A tingling sensation ran up my spine. I was scared and speechless. The brief moments of silence felt like an eternity. 'Don't worry, Catalino. There's nothing to fear. The sheep are okay,' Edur said. 'I know what you're thinking. You're thinking that what you just heard is La Llorona. Some sheepherders have told me about her. But don't be afraid. I know better. A coyote just caught his supper. Did you know that when a rabbit is in trouble and gets caught by a coyote, it makes a wailing noise just like a woman?'

"I asked Edur how he knew it was a rabbit, and he told me that as a shepherd he had witnessed this nighttime scene more than once. 'But look,' Edur said, 'in the morning we'll search for the evidence. You'll see. You don't have to take my word for it. For now, let's go to bed.'

"That night I could hardly sleep because I kept thinking of the coyote capturing the rabbit. It must have been early in the morning when I finally did fall asleep. By the time I woke up, Edur had already lit the campfire and brewed the coffee, and the water for my atole and his oatmeal was already hot. I got up and washed my hands and face from water in a small barrel he had tied to the side of his horse wagon. I was anxious to see the so-called evidence that Edur promised me, so I drank my atole and gobbled down my fried potatoes with scrambled eggs and a tortilla.

"We finished eating and headed for the juniper. And sure enough, before Edur could say a word, I spotted the rabbit's head! 'There you are,' Edur said, pointing to what was left of the cottontail rabbit. 'That's the only thing a coyote will not eat. He'll even eat the rest of the bones if the rabbit is young and tender. And the distressful sounds of a baby and then a woman crying that you heard last night were indeed those of a rabbit, not those of La Llorona,'" don Catalino concluded.

I looked around the kitchen table. You could have heard a pin drop. Don Catalino's story left everyone mesmerized and scratching their heads. Hardly anybody looked tired or sleepy, that's for sure—not even don Bonifacio, who had wanted to go to bed early. As for me, I was fascinated by the story I had just listened to and was prepared for more excitement.

Suddenly, a loud knock was heard on the screen door. Everybody jumped to their feet.

"It's a bruja!" don Hilario bellowed, invoking his joking ways as don José Juan, who was as tall and imposing as a ponderosa pine, appeared at the door.

"We were just talking about La Llorona. We thought maybe she had captured you," don Catalino joked.

"Not a chance," don José Juan countered, who was from Santa Clara, which was to the north of Ojo del Padre along the Río Puerco. "My horse got sick near El Abra de los Cerros, and I had to turn back to get another one. Now that I'm here, I'd like nothing better than a cup of hot coffee."

"Come, *hijito*," Grandpa Lolo said to me. "Get my compadre a cup of hot coffee."

"Thank you, compadre," don José Juan said. "Now, tell me. The meeting must be over, right?"

"Yes," Grandpa Lolo answered. "We've been killing time sharing stories about La Llorona. Since you're a barber, I'm sure you've heard many stories over the years about this woman, isn't that so?"

"Do you think La Llorona is really a woman, or some imaginary figure?" don Hilario asked. "Tell us what you think."

"I've heard it said on numerous occasions that in a moment of anger La Llorona drowned her children in a trough full of water because their father abandoned them. I've also been told that she dumped them into an artesian well because she thought they were illegitimate and therefore deserved to be in Hell. One time a gentleman who stopped by to get a quick haircut even told me La Llorona drowned her kids in a tin tub because they weren't normal, but I don't believe any of that nonsense. That's a lot of mumbo jumbo," don José Juan said. "Here's what I think. . . ."

As I looked around the kitchen table with the kerosene lantern flickering in the middle, I was anxious to listen to don José Juan and his tale of La Llorona. The eager look on the men's faces reflected my feelings as well.

"The story you're about to hear happened to me a few years ago," don José Juan forewarned us. "South of my village of Santa Clara, as you all know, there is a cemetery that sits up against the foothills. I was coming home late one night from visiting the Gallegos family that lived across the river near El Coruco when I heard a rustling noise. My horse got skittish. Next thing I knew there was a *bulto*, a dark object, right smack in front of me. The figure was indescribable at first, with no apparent face at all, but then I saw what appeared to be a tall, lanky black dog, with white spots and an ugly human face, standing on its hind legs."

"What did you do?" I blurted out without realizing that I had just interrupted an elder, something deemed disrespectful.

"Ah, hijito," don José Juan said patiently, "you'll soon find out." He continued his story as he took a sip of coffee. "My first thought was to invoke the sign of the cross for protection or, if need be, to use it to get rid of the ghostly apparition in case it was a witch, but my instinct told me to reject this idea. I also knew that a Juan* has the power to catch witches. I rejected that notion as well, even though my middle name is Juan. I considered myself a brave man back then, and I still do, but for better or worse, I wanted to see the drama unfold."

"Come on, José Juan. Tell us the truth," don Hilario protested. "I bet you crapped in your pants, didn't you?"

"No, but I tell you what. I did wet my pants," don José Juan answered, and everyone cracked up laughing. Then don José Juan goaded, "Bultos are afraid of men who pee in their underwear. Did you know that, Hilario?"

"That's a lot of pee and no caca!" don Hilario exclaimed as if to get even, while everybody laughed aloud. "But don't mind me. Carry on, amigo."

"Yes, let us proceed," don José Juan declared, and then he continued, "I spurred my horse and galloped down the road that leads to the bottom of the river before I started to cross to get to my home. Just as I reached the current, which was quite strong, I felt something on the rump of my horse. At first I thought it was my saddlebags shifting, but then it dawned on me that I didn't have any saddlebags. Before I knew it, I sensed pressure around my waistline. I felt something hugging me. I looked down and saw these long, bony hands with protruding fingernails wrapped firmly around my waist.

"At that very second, I shoved the ugly creature, and it landed on its butt with a loud splash in the water. With the help of the bright moon, I was able to see that it was the black and white dog, but this time, oddly enough, instead of barking, it started talking and whimpering.

"'I am deadly afraid of water, so would you, kind gentleman, carry me across the river?' the throaty voice that was neither male nor female sobbed.

---

*Many people believed that a Juan or a Juana possessed spiritual powers to catch or to ward off witches and ghostly apparitions. The names Juan and Juana were popular and almost all Hispanic communities had a Juan or a Juana or both.

It was more like the voice of a talking animal and a frog croaking, all wrapped up into one.

"This scared the dickens out of me. For the first time in my life, I was truly frightened. Why, I even *did* wee-wee in my pants, Hilario!" don José Juan remarked. His companions cracked up.

Don José Juan continued the story: "'Woe is me! Why me? Poor me! Please, I'm drowning. Water is my enemy. Water is what chills my body and pierces my brain,' the voice continued.

"But I knew that La Llorona, a night creature, symbolized death, and so I ignored the creature and tried to continue crossing the river.

"'Please, help me, or I'm doomed!' the ugly creature implored one more time, but I refused to help her. I thought she was some kind of *cosa mala*, evil spirit. Next thing I knew, she told me to go to Hell.

"'You go to Hell!' I snapped back at her. 'That's where you belong for the death of your children!' I guessed that she might be La Llorona.

"'Ah, let's not be too quick in your judgment. I'm a wandering soul that escapes night after night from the camp of the dead to visit people like you who travel at night with no real purpose in mind. Besides,' she said, 'I don't belong in Hell or in Heaven. I'm neither true black nor pure white. I'm neither good nor evil. I shall live and wander in Purgatory until atonement for my sins has run its course. One day, either my body will descend the steps of Hell or my soul will climb to Heaven using the ladder of good fortune. Even wicked creatures like me deserve redemption. I am the heartless mother, cloaked as a canine, who drowned her two offspring in a tin tub full of artesian water because they were born with tails like the Devil because of my mean and wicked desires.'

"With her voice failing and her limp arms tired of splashing the water, she gasped for air and pleaded for help one more time as the undercurrent rapidly flipped her over and swept her away. The gurgling of water swallowed up her faint but final moan.

"Her pronouncement of being La Llorona masked as a dog surprised me, but what stunned me beyond belief was her confession to the gruesome murder of her children.

"As I reflected on that night's events in the waters of the Río Puerco a few days later, I realized that within the black-and-white dog there were actually two dogs—two spirits—fighting each other. That, in essence, is the torment that was tearing La Llorona apart. As to whether she went to Heaven or Hell, that's not for me to judge. Who knows? Perhaps she's still in Limbo," don José Juan concluded.

"Wow! That was quite a story," don Hilario commented. "That one's got some zing to it."

I glanced around the table once again, and no one was yawning or bored. As for me, I was enjoying every episode and yearned for more. I had never heard so many spooky stories in one night. I was glad Grandma Lale was in Albuquerque!

"OK, who hasn't told a story?" don Catalino asked.

"Hilario and Teodoro have yet to tell one, but the host comes last, so it's your turn, Hilario. Let's see if you can tell us a funny one about the *cabrona llorona*," don José Juan said. Everyone burst out laughing.

But don Hilario's face turned uncharacteristically serious. I watched both him and each one of his political friends. I wondered what had possessed him to become so somber? We were about to find out.

"I'll try to make my story short and to the point because, like a good joke, you must get to the punch line quick if you wish for the joke to be effective and funny. However, what I have to say is not humorous. On the contrary, it's quite serious. Tonight we have listened to a mixture of stories about La Llorona, and all of them vary somewhat. Mine, I suppose, is no different, but you be the judges.

"My tale takes us back to the distant past. Bears are no longer seen in these parts, but once upon a time they lived in the nearby mountains and arroyos. Perhaps some of you don't know, but the bear embodies strength and cruelty, just like you and me. He also stands for evil, which is part of human nature as well. 'Now, what does that have to do with La Llorona?' you ask. Lots, my friends, but in a metaphorical way. Let me explain," don Hilario proposed, and little by little he revealed that he was literate and well read, a rarity among his compatriots. But each one of them already respected this, despite don Hilario's naughty and playful ways.

"In some unknown place," don Hilario continued, "maybe right here in the Río Puerco valley, several kids made fun of La Llorona's two illegitimate children. Why? Because they were born with deformities and other kids from the valley poked fun at them. The kids were downright cruel. The siblings in turn blamed their mother for their misfortune and taunting. Unable to endure the harassment heaped upon her children, she asked God to turn her and her kids into bears. She promised to nurture them like a good mother, but she broke her promise to God. Instead of caring for them as a mother bear cares for her cubs, she ate them."

"Oh no! ¡Cabrona llorona!" don Catalino cried out, repeating don José Juan's earlier words.

"Oh yes! And there's more!" don Hilario asserted, forgetting that his story was to be short. "Every time the mother bear got thirsty, she searched for water, but the moment she took a swallow, the cry of the children erupted from inside her stomach. Unwilling to drink water but desperate to quench her thirst, she wandered the plains restlessly until by chance she came upon a huge waterfall. Unwilling to endure the torment of drinking water, she climbed to the top of the waterfall and leapt to her death.

"Nowadays, whenever it rains and the water cascades down the waterfall at night, people can hear the painful screams and cries of a woman despite the roaring water. Behind the waterfall, one can also see the image of the mother bear projected in the moonlight.

"In recent times, ranchers who have come upon the bedrock where she landed have seen the rocks turn bloodred, presumably from the blood of the children. Other folks have returned to verify this so-called vision, but the rocks had returned to their normal state. Today, people not only refer to the spot of the death as Bear's Waterfall, but they also associate the mother bear with the legend of La Llorona.

"And that, my friends, is my story about La Llorona. Is there a moral to it? Who knows? All I do is tell the story. The rest I leave to you."

Thus don Hilario's tale ended the same way it began—in a serious tone. After hearing several spellbinding stories about how La Llorona was not a woman, Grandpa Lolo must have sensed that any story he told—if in fact he had one up his sleeve—would be anticlimactic.

"Well, compadre, it's your turn," don Bonifacio said to my grandpa. "You're the only one who hasn't told us a story."

"Yes, you've lived practically all of your life in the Río Puerco valley. You surely have some humdingers to tell," don Catalino added.

"I do have lots of stories, some based on incidents that happened to me, and others that friends of mine have shared with me over the years. But when it comes to La Llorona, I'm almost at a loss. . . . I tell you what," Grandpa Lolo said. "It's getting late, but I do have a short, personal story I can share with you. Perhaps my grandson, who's here tonight, will enjoy this one.

"This happened to me years ago, when I was a young cowboy. I was working for a man named Jacobo Miller, who had a general store not far from here in Casa Salazar. Unlike in your stories, my experience with La Llorona occurred at dusk, not at night.

"I had to deliver a wagonload of merchandise from Señor Miller's store to a rich cattle owner in the San Mateo Mountains. After I loaded all the provisions, I set off around midmorning. The trip there and back took all day. On my way back, I decided to take a shortcut since I didn't have a load. As some of you know, north of Ojo del Padre and west of the Cerros Cuates is the Arroyo Empedrado. Crossing this rocky arroyo with a full load can be dangerous, but with an empty wagon, it's less risky. It was there that I had my encounter with La Llorona.

"As I approached the Arroyo Empedrado, I thought I heard a woman crying. The closer I got to the riverbed, the louder the sound became. My horses, Camastrón and Magué, remained calm. They rarely got scared. I stopped the horses. I climbed down from the wagon with my *chicote*, my horsewhip, in hand, and I walked slowly over to an embankment, which was where the crying was coming from. 'Surely it had to be a woman,' I thought to myself. The idea that it could be a bruja didn't even cross my mind since it wasn't dark, so I continued stalking the source of the wailing.

"When I reached the spot where the crying was coming from, I found myself at the entrance to a hole in the embankment, where I spotted something wailing at the heavens, but it was not a woman. Guess what it was?" Grandpa Lolo asked as everybody leaned forward and listened eagerly. He did not wait for an answer before continuing. "It was a fox, a vixen! I couldn't believe my eyes. The fox was in a kind of hypnotic state from her sustained howling at the skies, totally unaware of my presence. She must have been waiting for her kits to come home. That's what I heard: a female fox, not a real woman."

"That's a good one, compadre!" don Bonifacio commented. "I had never heard that story about La Llorona and a female fox. Now we can add it to the other stories we heard here tonight."

"And what a night!" don José Juan added. "Forget about politics. Sharing stories is much more fun."

Indeed! Now I, Grandpa Lolo's grandson, could start my own fascinating stories on how La Llorona was an animal and not a woman.

La Llorona no era una mujer

Yo me crié cerca de Ojo del Padre (conocido también como Guadalupe), una placita hoy día en ruinas en el valle del Río Puerco. Dicha placita está localizada al sureste del famoso Chaco Canyon, donde los indios de pueblos antiguos vivieron hace muchos siglos. Yo y mi familia vivíamos junto al Río Puerco a unas dos millas de la placita.

De niño, yo oí todo tipo de historias de brujerías, supersticiones, y lo sobrenatural. Entre esas historias se encontraba La Llorona.

Algunos ancianos de mi valle estaban convencidos que La Llorona en un tiempo anduvo por las orillas del Río Puerco, entrecruzó de noche arroyos hondos, visitó lagunas, o estuvo en aguajes en busca de sus niños, a quienes ahogó en un momento de furia. Pero un grupo de hombres del valle del Río Puerco también estaba convencido que La Llorona no era una mujer verdadera del todo. Ellos pensaban que era un animal, y estaban preparados para probarlo. Éstas son sus historias.

Una tarde a fines de octubre, vinieron unos señores a la casa de Abuelito Lolo (Lolo es como nosotros los nietos lo llamábamos) en La Cañada del Camino al sur del Cerro Cabezón. Estaban allí para discutir la próxima elección ya que Abuelito Lolo era un patrón político en mi placita. Presentes estaban Bonifacio Valdez, Catalino Jaramillo, Hilario Molina, y José Juan Valencia. Con la excepción de don José Juan, que los acompañó más tarde, todos ellos llegaron en caballos elegantes con sus camillas atadas detrás de la silla, listos para pasar la noche en caso que fuera necesario.

Cuando Abuelita Lale (así la llamábamos nosotros los nietos) estaba fuera, yo normalmente pasaba una o dos noches con Abuelito Lolo. Esa noche, ella se encontraba en Alburquerque de manera que me pasaría yo la noche en casa de mi abuelito. Yo ya tenía mi lugarcito especial cerca del fogoncito de leña.

Yo estaba muy excitado, aunque el escuchar a estos hombres hablar de política—lo cual había hecho antes—era más de lo que un niño de siete años de edad era capaz de entender. Cuando terminaron su discusión y se habían bebido por lo menos dos cafeteras de café que yo había preparado, uno de ellos dijo que estaba cansado y quería acostarse. Es cuando empezó lo bueno.

—¡Vaya! Ahi tienen a mi compadre Bonifacio, queriéndose ir a la cama con las gallinas—dijo de una manera burlesca don Hilario, a quien había conocido yo en la última reunión política de Abuelito Lolo. Don Hilario era

Arroyo de la Tapia, cuyas olas misteriosas escupen miedo.

el cómico del grupo—. ¿Qué tal un cuentecito antes de que te acuestes?—añadió él.

—Sí. ¿Qué te parece algo espantoso para levantarnos sonámbulos a medianoche?—intercaló don Catalino—. ¿Por qué no brujas en vuelo? Mejor dicho, cuéntanos uno de tus cuentos favoritos sobre La Llorona.

No fue difícil convencer a don Bonifacio. Abuelita Lale me había dicho que él era un buen cuentista. Faltaba poco para saber yo por qué.

Don Bonifacio era de Ojo del Padre. Tenía más fama de ser un músico andante de lo que era ser un político. Él y su violín no se separaban. Los fines de semana, don Bonifacio iba de placita en placita con su violín bajo el brazo derecho, listo para tocar en bailes si había gente que estuviera dispuesta a regalarle unas cuantas monedas de cinco centavos. Así es cómo ganaba dinero para las cuerdas de su violín o para comprarse una botellita de vino que le calentara la sangre en noches frías en el camino. De vez en cuando lo acompañaba un guitarrista. Y si no, don Bonifacio tocaba solo, pero el ambiente nunca dejaba de ser alegre.

Don Bonifacio tenía sus buenos cuentos de brujerías, pero ninguno llamaba más la atención entre sus amigos—inclusive los que estaban en casa de Abuelito Lolo—que sus relatos sobre La Llorona.

—¡Qué mujer ni mujer!—dijo don Bonifacio—. ¡Qué bruja ni bruja! ¡Ella es una cabra de las montañas! Yo la he visto con mis propios ojos, y he oído sus llantos muchas veces en el silencio de la noche y por la madrugada. La vi una vez en la orilla de El Arroyo de la Tapia cerca de la Mesa Encantada cuando iba yo a casa de un baile en Casa Salazar. Muchas veces he escuchado los llantos dolorosos de la cabra, sofocados por las aguas ruidosas mientras ella trataba de respirar y azotaba las patas delanteras, tratando de nadar pero hundiéndose sin volver a verse. Ésos son los llantos que oye la gente—no los de una llorona.

—¿Pero andabas borracho cuando viste tú esta cabra?—preguntó don Catalino, dando a entender que don Bonifacio estaba inventando las cosas. Aparte de don Hilario, él era el más chistoso del grupo.

—¿Qué importa?—respondió don Bonifacio mientras que yo escuchaba el toma y daca—. Cuando una cabra comienza su *baaa*, *baaaa*, y luego se convierte en *ayyyyyyyy*, *ayyyyy*, *ayyy* de una mujer, ¿qué importa?

Él se esforzaba por convencer a sus compañeros que La Llorona no era nada más que una cabra en un apuro.

—Vaya, vaya—parloteó don Catalino—. Si tú quieres hablar de una cabra que hace ruidos como una mujer, ¿qué tal un conejo?

—Sí, ¿qué dices tú?—protestó don Bonifacio, tratando de desquitarse ya que don Catalino había dudado su cuento.

—Pues, como trataba de decir antes de que mi buen amigo Boni metiera la cuchara en mi atole*—dijo don Catalino de una manera burlesca, mientras se rieron los demás—, una noche, hace mucho tiempo, acompañé a este borreguero vasco, que era un cuate mío que vino a Nuevo México del norte de España. En caso de que no supieran, muchos vascos han venido a Nuevo México, de borregueros.

—De todos modos, el nombre de mi amigo era Edur, pero algunos rancheros y labradores le llamaban Eduardo. Él estaba cuidando su hatajo de borregas al oeste del Cerro Cabezón en una área que se conoce por su buen zacatón. Ojalá que estuviera vivo para que él mismo les contara su historia, pero hace ya unos años que murió. Yo era un chaval en aquel entonces, y él me invitó a que pasara una noche en su campo. Yo lo acompañé con el permiso de mi mamá porque mi papá estaba fuera trabajando para el gobierno.

—Esa noche hacía calor, y los vientos de verano no bajaban desde El Cerro de las Yeguas hacia el oeste como normalmente solían. De vez en cuando azotaban por El Cañón de los Mesteños, fuertes, fuertes y luego conseguían velocidad y se iban al este por el llano antes de botar y rebotar contra el Cerro Cabezón. Según Edur, la noche estaba bastante tranquila en comparación a otras noches. La luna llena que alumbraba el paisaje parecía una bola grande de requesón que hacía mi mamá.

—Edur había montado una carpa pequeña, y yo y él nos sentamos al lado del fuego del campo y charlamos de cosas populares en su país vasco. Una de ellas era el mal ojo, superstición que también es común en Nuevo México. A él le encantaba conectar puntos culturales entre España y su tierra adoptive, Nuevo México, la Tierra del Encanto.

—Siendo que ya hacía rato que el sol había desaparecido detrás de El Cerro de las Yeguas, y las estrellas ya empezaban a parpadear, Edur se puso de pie para darle un vistazo a las borregas antes de acostarnos. Sus dos perros borregueros también eran todo ojos. Cada perro descansaba calladito en la tierra con la cabeza entre las dos patas con los ojos bien abiertos en caso de que vieran algún movimiento extraño o coyotes. Todo estaba quieto hasta que yo y Edur nos metimos en la carpa a dormir.

—De un momento a otro, la tierra parecía que temblaba. Las borregas se movían nerviosamente. Edur salió a gatas de la carpa, y yo lo seguí. Vio

*Meter la cuchara en el atole quiere decir "interrumpir."

un coyote junto a uno de los árboles de sabina. Habíamos oído a los coyotes un poco antes, pero Edur no les hizo mucho caso puesto que parecían oírse lejos del campo. Las borregas continuaban nerviosas mientras los perros las cuidaban para que no se desparramaran.

—De repente, se oyó un susurro cerca del árbol de sabina. Después se oyeron unos chillidos como los de un bebé que lloraba. El llanto apenas duró unos segundos, pero cuanto más alto el lamento, tanto más parecía el lloro de una mujer. Luego el aullido espantoso y brusco duró muy poco.

—Sentí un hormigueo por la espalda. Me dio miedo y me quedé mudo. Los pocos momentos de silencio se me hicieron una eternidad. 'No te preocupes, Catalino. No hay por qué apenarte. Las borregas están bien,' dijo Edur. 'Yo sé lo que estás pensando. Tú crees que lo que acabas de oír es La Llorona. Algunos borregueros me han contado de ella. Pero no tengas miedo. Yo entiendo mejor que nadie. Un coyote acaba de pescar su cena. ¿Sabías tú que cuando un conejo se ve en peligro y es atrapado por un coyote, llora exactamente como una mujer?'

—Le pregunté a Edur que si cómo sabía él que era un conejito, y me dijo que siendo borreguero había visto esa escena nocturna un sinfín de veces. 'Pero mira,' dijo Edur, 'por la mañana buscamos la evidencia. Ya verás. No tienes que aceptar lo que te digo. Por el momento, a la cama.'

—Esa noche apenas pude dormir porque me la pasé pensando en el coyote que había atrapado un conejito. Sería la madrugada cuando por fin me quedé dormido. Para cuando desperté, Edur ya había prendido la lumbre y hervía el café, y el agua para mi atole y su avena ya estaba caliente. Me levanté y me lavé las manos y la cara con agua de un barrilito que él tenía amarrado a un lado del carro de caballos. Yo estaba ansioso por ver la evidencia que me prometió Edur, de modo que me bebí el atole y me zampé las patatas fritas con huevos revueltos y una tortilla.

—Acabamos de desayunar y nos fuimos a donde estaba el árbol de sabina. ¡Y dicho y hecho, antes de que Edur dijera una palabra, vi la cabeza del conejito! 'Ahí tienes,' dijo Edur, apuntando a lo que quedaba del conejito de rabo blanco. 'Es lo único que el coyote no se come. Hasta se come el resto de los huesos si el conejito es joven y tierno. Y los llantos dolorosos de un bebé y luego los de una mujer que tú oíste anoche no era nada más que un conejito, no los llantos de La Llorona'—concluyó don Catalino.

Di un vistazo por toda la mesa. Se podría haber oído el vuelo de una mosca. El cuento de don Catalino dejó a todos hipnotizados y rascándose la cabeza. Casi nadie se veía cansado o con sueño—incluso don Bonifacio, que había querido irse a la cama temprano. En cuanto a mí, yo estaba fascinado con las historias que ya había escuchado y estaba preparado para más divertimiento.

De repente se oyó un golpe fuerte en la puerta de tela. Saltaran todos y se pusieran de pie.

—¡Es una bruja!—bramó don Hilario, invocando sus travesuras al momento en que se presentó en la puerta don José Juan, figura alta e imponente como un pino ponderosa.

—Acabábamos de hablar de La Llorona. Pensamos que tal vez te había capturado—dijo don Catalino en broma.

—Ni hablar—contestó don José Juan, que era de Santa Clara al norte de Ojo del Padre a lo largo del Río Puerco—. Mi caballo se enfermó cerca de El Abra de los Cerros, y tuve que volver por otro. Ahora que estoy aquí, me gustaría más que nada una taza de café caliente.

—Ven, hijito—me dijo Abuelito Lolo—. Traele una taza de café caliente a mi compadre.

—Gracias, compadre—dijo don José Juan—. Ahora bien, díganme. La reunión ya se acabó, ¿verdad?

—Sí—respondió Abuelito Lolo—. Hemos estado matando el tiempo contando historias de La Llorona. Como usted es peluquero, seguramente que ha oído a través de los años muchos cuentos sobre esta mujer, ¿no es cierto?

—¿Cree usted que La Llorona es una mujer verdadera o una figura imaginaria?—preguntó don Hilario—. Díganos qué piensa usted.

—Yo he oído decir en numerosas ocasiones que en un momento de furia La Llorona ahogó a sus hijos en una artesa llena de agua porque su padre los abandonó. También me han dicho que los echó en una noria porque ella creía que eran ilegítimos y por eso merecían estar en el Infierno. Una vez este señor que paró para que le cortara el pelo hasta me dijo que La Llorona había ahogado a sus niños en un cajete porque no eran normales, pero yo no creo nada de esas tonterías. Eso no es más que puro palabreo—dijo don José Juan—. Esto es lo que pienso yo. . . .

Al mirar yo por toda la cocina, con el farol de aceite parpadeando en medio de la mesa, tenía muchas ganas de escuchar a don José Juan y su cuento de La Llorona. Los hombres con sus caras ansiosas también expresaban sentimientos parecidos a los míos.

—El cuento que les voy a contar me pasó a mí hace unos años—advirtió don José Juan—. Al sur de mi placita de Santa Clara, como bien saben todos ustedes, se encuentra un camposanto junto a las laderas. Yo volvía a casa una noche después de visitar a los Gallegos que vivían al otro lado del río cerca de El Coruco cuando oí un ruidito. Mi caballo se espantó. Luego sin esperar vi un bulto bien en frente de mí. La figura a primera vista sin cara del todo, no se podía describir, pero luego vi lo que parecía ser un perro alto y flaco de color negro, con manchas blancas y una cara fea de ser humano, parado en sus patas traseras.

—¿Qué hizo usted?—dije yo sin darme cuenta que acababa de interrumpir a un adulto, algo que carecía de respeto.

—Ah, hijito—dijo don José Juan con mucha paciencia—, ya sabrás dentro de poco—, y continuó él su cuento al tomar un sorbo de café—. Lo primero que se me vino a la cabeza fue hacer la señal de la cruz como protección o, si fuera necesario, invocar la señal de la cruz para deshacerme del bulto en caso que fuera una bruja, pero algo me dijo que rechazara la idea. Yo también sabía que un Juan* tiene el poder de atrapar a brujas. Rechacé esa idea también, aunque mi segundo nombre es Juan. Yo me consideraba un hombre valiente en aquel entonces, y todavía creo que lo soy, pero por las buenas o por las malas, yo quería ver desarrollar el drama.

—Ándale, José Juan. Di la verdad—exclamó don Hilario—. Te apuesto que hicites caca en los pantalones, ¿verdad?

—No, pero ya verás. Sí me mojé los calzoncillos—respondió don José Juan para tomarle el pelo, y todos soltaron la risa—. Los bultos le tienen miedo a los hombres que se mean en los calzoncillos. ¿Sabías tú eso, Hilario?

—¡Todo eso es mucha meada y poca caca!—exclamó don Hilario para desquitarse, mientras todos se reían a carcajadas—. Pero no me hagas caso. Adelante, amigo.

—Sí, sigamos adelante—declaró don José Juan, y luego él continuó—. Yo le metí espuela a mi caballo y galopé por el camino que va a dar al plan del río antes de que yo empezara a cruzar para llegar a mi casa. Tan pronto como pegué con la corriente, la cual estaba bastante fuerte, sentí algo en las ancas del caballo. Al principio creí que eran las alforjas que se movían, pero luego se me ocurrió que no traía alforjas. Cuando menos quise, sentí algo en la cintura. Sentí unos brazos. Miré y vi estas largas manos huesudas con unas uñas larguísimas abrazándome la cintura.

—En ese mero momento, le di un empujón a aquella cosa fea y cayó de

*Mucha gente creía que un Juan o una Juana poseían poderes espirtuales y eran capaces de pescar o espantar a brujas y fantasmas. El nombre Juan y Juana eran populares, y casi toda comunidad hispana tenía un Juan, una Juana o ambos.

fundillo en el agua con un gran chapoteo. Gracias a la luna que brillaba, pude ver que era el perro blanco y negro, pero esta vez, curiosamente, en vez de ladrar, empezó a hablar y a llorar.

—'Le tengo mucho miedo al agua, así que, ¿podría usted, buen señor, cargarme al otro lado del río?' lloraba la voz rasposa que no era ni de hombre ni de mujer. Era más bien la voz de un animal que hablaba y una rana que cantaba, todo a la vez.

—Esto sí que me espantó. Por primera vez en mi vida, me dio un miedo terrible. ¡Hasta me oriné en los pantalones, Hilario!—declaró don José Juan, mientras sus compañeros soltaron la risa.

Don José Juan continuó con su cuento: —'¡Ay de mí! ¿Por qué yo? ¡Pobre de mí! Por favor, me ahogo. El agua es mi enemigo. El agua es lo que enfría mi cuerpo y penetra mi cerebro,' continuó la voz.

—Pero yo sabía que La Llorona, una figura nocturna, simbolizaba la muerte, de manera que la ignoré y seguí tratando de cruzar el río.

—'¡Por favor, ayúdeme, o pierdo la vida!' imploró aquella cosa fea una vez más, pero me negué a ayudarle. Creí que ella era algún tipo de cosa mala. Cuando menos pensé, me dijo que me fuera al Infierno.

—'¡Tú vete al Infierno!' le contesté brúscamente. '¡Allí perteneces tú por la muerte de tus niños!' Pensando que a lo mejor fuera La Llorona.

—'Ah, tú te equivocas. Yo soy un alma vagante que se escapa noche tras noche del campo de los muertos para visitar a gente como tú que viaja de noche sin ningún propósito en la cabeza. Además,' dijo ella, 'no pertenezco ni en el Infierno ni en el Cielo. No soy ni negro verdadero ni blanco puro. No soy ni buena ni mala. Yo viviré en Purgatorio y lo recorreré hasta que el sacrificio de mis pecados ya no exista. Uno de estos días, mi cuerpo bajará por la escalera del Infierno o mi alma subirá al Cielo por la escalera de la buena fortuna. Hasta criaturas malas como yo merecen expiación. Yo soy la madre sin corazón, disfrazada de un perro, que ahogó a sus dos niños en un cajete lleno de agua de noria porque nacieron con cola como la del Diablo debido a mis modos y deseos malísimos.'

—Con su voz que desaparecía y sus brazos cansados de tanto manotear el agua, ella jadeó y clamó por ayuda una vez más al volcarla rápidamente la contracorriente que se la llevó. El borboteo del agua se tragó su débil salvo un último quejido.

—Su declaración de que era La Llorona enmascarada como un perro me sorprendió, pero lo que me dejó atónito fue su confesión del crimen espantoso de sus niños.

—Al reflexionar sobre los acontecimientos de esa noche en las aguas del Río Puerco unos días más tarde, me di cuenta que dentro del perro blanco y negro en realidad existián dos perros—dos espíritus—luchando uno contra el otro. Eso, en efecto, es el tormento que desgarraba a La Llorona. En cuanto si fue a dar al Cielo o al Infierno, eso no lo juzgo yo. ¿Quién sabe? Quizás todavía esté en Limbo—concluyó don José Juan.

—¡Híjole! ¡Qué historia más fantástica!—comentó don Hilario—. Ésa sí que tiene mostaza.

Miré por toda la mesa una vez más, y nadie estaba bostezando o aburrido. ¿Y yo? Yo venía gozando de todo episodio y quería escuchar más. Jamás había oído tantos cuentos espantosos en una sola noche. ¡Qué bueno que Abuelita Lale estuviera en Alburquerque!

—Bueno, ¿quién no ha contado una historia?—preguntó don Catalino.

—Hilario y Teodoro quedan por contar una, pero el dueño de la casa es último, de manera que te toca a ti, Hilario. A ver si nos cuentas una historia graciosa de la cabrona llorona—dijo don José Juan. Todos soltaron la risa.

Don Hilario se puso serio y fuera de carácter. Yo lo miraba a él y a cada uno de sus amigos políticos. ¿Qué le habría poseído para ponerse tan triste? Faltaba poco para que supiéramos.

—Trataré de que mi cuento sea corto y que vaya al tema porque, como un buen chiste, hay que ir pronto al clímax si quiere uno que el chiste sea eficaz y chistoso. Sin embargo, lo que tengo que contarles no es humorístico. Todo lo contrario, es bastante serio. Esta noche hemos escuchado un conjunto de cuentos tocante a La Llorona, y todos varían un poco. El mío, me supongo, no es nada diferente, pero ustedes dirán.

—Mi cuento nos lleva a un pasado lejano. Ya no se ven osos por estas partes, pero en una ocasión vivían en la montañas y en los arroyos cerca de aquí. Tal vez algunos de ustedes no sepan, pero el oso personifica fuerza y crueldad, tal como yo y ustedes. Incluso, representa lo malévolo, lo cual también es parte del ser humano. 'Ahora bien, ¿qué tiene que ver eso con La Llorona?' dirán ustedes. Muchísimo, amigos míos, pero de una forma metafórica. Déjenme explicarles—propuso don Hilario, y poco a poco él fue demostrando que era una persona letrada y bien leída, algo raro entre sus compatriotas. Pero esto ya ellos lo sabían y respetaban, a pesar de los modos traviesos y juguetones de don Hilario.

—En un lugar desconocido—continuó don Hilario—, quién sabe si en este mismo valle del Río Puerco, varios niños se burlaban de los dos hijos ilegítimos de La Llorona. ¿Por qué? Porque nacieron con deformidades y los otros chavales del valle se burlaban de ellos. Estos chavales eran realmente crueles. Los hijos en cambio culpaban a su madre por la mala suerte y las burlas que sufrían. Incapaz de aguantar el mal trato contra sus hijos, ella le pidió a Dios que la convirtiera a ella y a sus hijos en osos. Prometió acariciarlos como una buena madre, pero no cumplió con su promesa a Dios. En vez de cuidarlos como una osa cuida a su cría, se los comió.

—¡Oh no! ¡Cabrona llorona!—exclamó don Catalino, repitiendo las palabras anteriores de don José Juan.

—¡Oh sí! ¡Y hay más!—afirmó don Hilario, olvidándose que su cuento suponía ser corto—. Cada vez que la osa tenía sed, buscaba agua, pero al momento en que tomaba un trago, el lloro de sus hijos tronaba desde adentro de su estómago. No queriendo beber agua pero desesperada por dar fin a su sed, siguió vagando por el llano sin saber a dónde iba hasta que por casualidad se encontró con una cascada enorme. Negándose a aguantar el tormento de beber agua, se subió a la cumbre de la cascada y se tiró a la muerte.

—Hoy en día, cuando llueve y el agua se resbala por la cascada de noche, se pueden oír los dolorosos gritos y llantos de una mujer a pesar de los ruidazos del agua. Detrás de la cascada, también se puede ver la imagen de la osa proyectada con la luz de la luna.

—En tiempos recientes, los rancheros que han visto la roca firme donde la osa se estrelló, han notado que las rocas se vuelven el color de la sangre, en toda probabilidad la sangre de sus hijos mismos. Otras gentes han regresado para confirmar la llamada visión, pero las rocas ya habían retornado a su estado normal. Hoy día, hay quien no solamente se refiera al sitio de muerte como la Cascada de la Osa, sino que también asocian a la osa con la leyenda de La Llorona.

—Y ése, queridos amigos, es mi cuento sobre La Llorona. ¿Tendrá una moraleja? ¿Quién sabe? Lo único que hago yo es relatar el cuento. Lo demás lo dejo en sus manos.

Así terminó el cuento de don Hilario, del mismo modo que había empezado—en un tono serio. Después de haber escuchado varios cuentos fascinantes acerca de La Llorona y el hecho de que no era una mujer, Abuelito Lolo debe haber reconocido que cualquier historia que él contara—si por acaso traía una en la manga—sería más bien anti-culminante.

—Bueno, compadre, le toca a usted—le dijo don Bonifacio a mi abuelito—. Usted es el único que no nos ha contado una historia.

—Sí, usted ha vivido casi toda su vida en el valle del Río Puerco. Seguramente que tiene algunas maravillas que contarnos—añadió don Catalino.

—Sí tengo muchas historias, algunas de las cuales están basadas en incidentes que me pasaron a mí, y otras que compartieron conmigo amigos míos a través de los años. Pero cuando se trata de La Llorona, casi me doy por vencido. . . . Pues ya verán—dijo Abuelito Lolo—. Se está haciendo noche, pero sí tengo un cuento corto y personal que puedo compartir con ustedes. A lo mejor le guste a mi nieto, que está aquí con nosotros esta noche.

—Esto me pasó a mí hace muchos años, cuando yo era un vaquero joven. Yo trabajaba para un hombre que se llamaba Jacobo Miller, que tenía una tienda en Casa Salazar no muy lejos de aquí. A diferencia de las historias que han contado ustedes, mi encuentro con La Llorona ocurrió al atardecer, no en la noche.

—Yo tenía que llevar un carro de caballos lleno de mercancía de la tienda del Señor Miller a un ricachón de vacas en las Sierra de San Mateo. Después que cargué todas las provisiones, me marché a mediados de la mañana. El viaje de ida y vuelta tardaba todo el día. Al regresar, decidí tomar un camino más corto porque no traía una carga. Como bien saben algunos de ustedes, al norte de Ojo del Padre y hacia el oeste de los Cerros Cuates se encuentra el Arroyo Empedrado. El cruzar este arroyo rocoso con una carga llena puede ser peligroso, pero con un carro de caballos vacío, es menos arriesgado. Fue allí donde tuve mi encuentro con La Llorona.

—Al acercarme al Arroyo Empedrado, oí lo que se me hizo que era un llanto de mujer. Cuanto más me acercaba al plan del río, tanto más alto el llanto. Mis caballos, Camastrón y Magué, seguían tranquilos. Casi nunca se espantaban. Paré los caballos. Me bajé del carro de caballos con el chicote en la mano, y caminé despacito a un barranco, de donde venía el llanto. 'Por cierto tenía que ser una mujer,' pensé en silencio. La idea de que era una bruja ni siquiera se me ocurrió siendo que no estaba oscuro, de manera que seguí los pasos al lugar de donde venían los lamentos.

—Al llegar al lugar de donde venía el llanto, me encontré a la entrada de un hueco en el barranco, algo que lloraba con la vista hacia el cielo, pero no era una mujer. ¿A qué no saben lo que era?—preguntó Abuelito Lolo, mientras todos escuchaban atentamente con los codos en la mesa. No esperó una respuesta sino que continuó—. ¡Era una zorra! No lo podía creer. La zorra estaba en un estado hipnótico de tanto llorarle al cielo, sin darse cuenta del todo de mi presencia. Debe haber estado esperando a que regresaran sus zorritos. Eso es lo que oí: una zorra, no una verdadera mujer.

—¡Qué buena historia, compadre!—comentó don Bonifacio—. Yo nunca había oído ese cuento de La Llorona y una zorra. Ahora podemos incluirlo con los otros cuentos que oímos aquí esta noche.

—¡Y qué noche!—añadió don José Juan—. Olvidémonos de la política. El compartir historias es mucho más divertido.

¡De acuerdo! Ahora yo, el nieto de Abuelito Lolo, podría empezar mi propia colección de cuentos fascinantes de cómo La Llorona era más bien un animal y no una mujer.

The Evil Eye

Introduction: The Evil Eye

The evil eye predates the birth of Christ. Today, it is a popular superstition in many countries throughout the world. During Roman times, it was called *oculus malus*, whereas in Italy these days the name *malocchio* is popular. Neighboring Greece uses *vaskania* and *matiasma*. In Hebrew and Arabic respectively, the terms *ayin horea* (or *ayin horeh*) and *ayin harsha* (or *ayin hasad*) are used.

In Spain, the evil eye is called *el mal ojo*, which is the term that has been used among Hispanics, especially in northern New Mexico and southern Colorado. Yet in southern New Mexico and other parts of the Southwest, including Mexico, the terms *ojo de venado* (eye of the deer) and *el mal de ojo* are popular among Mexicans and Mexican Americans.

The question asked most often by my audiences is this: what is the evil eye? The answer varies across cultures and groups; hence, there is no clear-cut definition. In northern New Mexico, however, the question may be a bit simpler to answer because most Hispanics associate the evil eye with babies. Therefore, it is looked upon not as something necessarily evil but rather as something stemming from grown-ups' excessive admiration of babies, an unconscious act on their part.

Over the years, I have collected from old-timers many stories related to the evil eye, but most of them dealt with infants. When a baby is afflicted with the evil eye, the common symptoms are diarrhea, vomiting, and crying. Sometimes adults, animals, and plants were suspected of suffering from the evil eye, but they could well have been the victims of sorcery. If, for example, a woman began losing her red hair, which was admired by a jealous woman from another village, it was probably sorcery. In that case, an *arbolario* (herb specialist) adept at treating bewitched victims was more suitable to help than a *curandera* (folk healer).

When babies suffer from the evil eye, it creates anxiety, but a competent curandera can be reassuring and of great relief to the infant's family. The evil eye is a central component in our New Mexican cultural tapestry. It is also part of my childhood experiences with my maternal grandmother, a curandera who treated infants who were afflicted by the evil eye. I hope you find my story "The Evil Eye" exciting and educational.

The Evil Eye

I'm here to tell you a fascinating story about the evil eye. This happened a long time ago at my grandma's house near El Bosque in Bernalillo, north

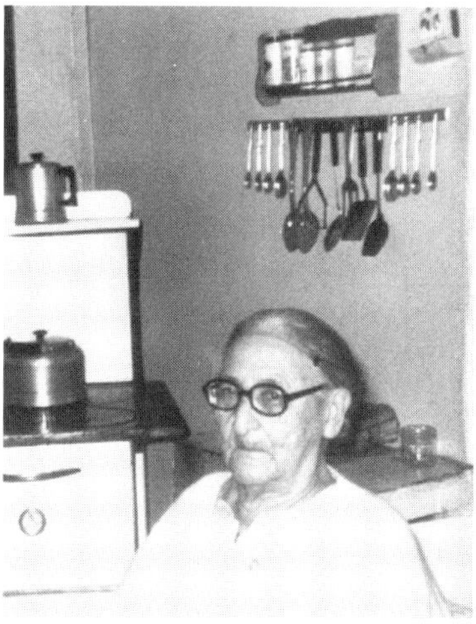

Lucinda "Cinda" Atencio in 1975. Cinda is the curandera who treated the child who had fallen victim to the evil eye.

of Albuquerque. I was spending the summer with her. I was just seven-plus years old at the time.

My grandma—my mother's mother—was a curandera, who once upon a time cared for patients just like a doctor does today. I called her Cinda, which was short for Lucinda. Patients of all ages, both male and female, came to her house to be cured of their ailments. Among her patients were babies suffering from the evil eye.

According to Grandma Cinda, many people, but especially mothers, were superstitious about lots of things. And the one thing they truly believed in was the evil eye, which came from Spain through Mexico. Today the superstition is slowly dying in New Mexico.

I had heard of the evil eye back at my village in the Río Puerco valley; however, I didn't know too much about it until this man and woman came to see Grandma Cinda. I was in the kitchen washing the breakfast dishes when I heard a knock on the living room screen door.

"*Hijito*, there's someone at the door. Go see who it is," Grandma Cinda said, and I went to see.

"Good morning," the man said when I answered the door. "We are looking for doña Lucinda. Does she live here?"

"Yes, *señor*. She's my grandma."

"¡Hijiiiiito! Who is it?" Grandma Cinda hollered from the bedroom where she was making the bed.

"It's a man and a woman. They're looking for you," I answered her with the door ajar, as Grandma made her way to the living room.

"*Buenos días le dé Dios*. May God grant you a good day," the man said in formal and polite Spanish. "These people where we live told us how to find you. You are doña Lucinda, the curandera, aren't you?"

"Yes, that's correct. Is there something I can do for you?"

"We hope so. You see—"

"Come in! Come in!" Grandma interrupted as she escorted them into the living room where she welcomed patients and visitors.

Grandma Cinda saw me out of the corner of her eye. I was standing at the entryway that separated the kitchen from the living room.

"Go outside and play, hijito," she said. "And don't forget to keep an eye on the beans. Be sure they have enough water so they don't burn."

But instead of going outside, I gave the screen door a good thump and remained quietly in the kitchen to eavesdrop. I was really curious to hear what these people had on their mind.

"Forgive me," Grandma Cinda said. "That's my grandson from Ojo del Padre, my first grandchild. He comes to spend the summers with me. He's my helper who boils water and prepares herbal remedies for my patients. Now, what can I do for you?"

"*Señora*," the man said, lowering his head. "My name is Lorenzo Leyba, and this is my wife, Ventura. We come from El Llanito, north of Bernalillo."

"Yes, yes. I know where that is," Grandma remarked.

"Well, we have a six-week-old granddaughter who's quite ill. We believe she's got the evil eye, so we need your help," don Lorenzo explained.

"Yes, we believe it's the evil eye," doña Ventura chimed in, as I continued to listen from the kitchen.

"And why do you think it's the evil eye? Does the baby have a fever? Diarrhea? Is the baby crying, acting strange, vomiting, or what?" Grandma inquired, knowing full well that these were some of the symptoms.

"Señora, let me explain," doña Ventura said. "Last Sunday, for Saint Anne's Day, we had a fiesta at home to celebrate the recent birth of María Luz. She's our granddaughter, also our first grandchild. A lot of people came, including the priest who baptized her, but shortly after all the people left—"

"About two hours or so," don Lorenzo interrupted.

"Yes, about two hours after all the people had gone home," doña Ventura continued, "María Luz started crying and crying and kicking her little feet. My daughter thought she was hungry, but María Luz wouldn't eat. Then my daughter handed her to me. I rocked her back and forth in my arms, but all she did was kick her little feet and cry. We even tried giving her chamomile tea with a baby spoon, thinking she had colic, but that didn't stop her from crying, either."

"Señora, you said this happened on Sunday, right?" Grandma asked.

"Yes," don Lorenzo and doña Ventura answered simultaneously.

"Well, if it's the evil eye, there's still time to act before anything bad happens."

"What bad thing could happen?" doña Ventura asked, anxiously folding her hands on her lap.

"You see," Grandma Cinda continued calmly, "if it's the evil eye, it must be treated before Friday. If your granddaughter is not tended to properly before then, she could be in grave danger."

"Oh, dear God! What kind of danger?" doña Ventura cried out as she made the sign of the cross.

"She could get worse and even die, but this is Wednesday, and two days still remain before Friday. Let me ask you, is there any reason why you didn't seek help sooner?" Grandma Cinda inquired.

"But we did! We went to an arbolario," doña Ventura muttered. "But he told us that he only deals with cases of witchcraft and evil spirits, not the evil eye."

"At least he was truthful," Grandma Cinda interjected a tad sarcastically. "You see, many people confuse the evil eye with witchcraft, but that's another story. For now, tell me, who recommended me to you? I hope it wasn't the arbolario."

"No, no, no, it was a man who once came to see your husband. Your husband's a *sobador*, a bonesetter, isn't he?"

"Yes, he is a folk chiropractor."

I continued to observe and to listen to the drama that was unfolding. The granddaughter's illness was without a doubt serious, and it concerned my grandma. To think of losing a baby was bad enough, but to lose the first grandchild was even worse. The air was tense.

"Very well. First things first!" Grandma exclaimed with confidence. "We must have faith in God and do our part. He may squeeze us, but He won't choke us to death. Let me begin by asking you a couple of brief questions."

"Anything you say, doña Lucinda," doña Ventura said. "We're prepared to cooperate in whatever way we can. We just want our granddaughter to get well."

"Of course. Now, do you have any idea who could have inflicted the evil eye?" Grandma Cinda asked, looking directly at doña Ventura.

"No, I don't," she responded rather curtly. "Why do you ask? Do you suppose somebody did it to harm our grandchild?"

Before Grandma Cinda could answer, don Lorenzo butted in with his own question.

"Do you think someone did it because they're jealous?"

My grandma detected a sense of ignorance, if not innocence, as they squirmed on the wooden chairs where they were sitting close to each other. Noticing their nervousness, Grandma Cinda asked if they would like a cup of coffee or a glass of water.

"A glass of water," doña Ventura answered in a disconsolate tone, letting out a long sigh.

"Coffee for me," her husband said.

"¡Hijiiito!" Grandma Cinda hollered at me, knowing full well that I was in the kitchen. "Bring doña Ventura a glass of water . . . and heat up the coffee for don Lorenzo."

"Yes, Grandma. Right away," I replied.

I got a glass of cool water from a small barrel covered with burlap that Grandma Cinda kept in the kitchen. The burlap cover kept the water cool. I handed the glass to the lady and crossed my arms—a way of showing respect toward your elders—while she drank the water. Next I brought don Lorenzo the coffee, a spoon, the sugar bowl, and a can of Carnation evaporated milk.

While don Lorenzo sipped his coffee, Grandma Cinda tried to calm him and his wife down because they were still fidgeting and obviously worried about their granddaughter.

"Now, let me explain something else about the evil eye that you may not know," Grandma Cinda said. "First of all, as I mentioned earlier, the evil eye is not something evil. It happens without evil intentions; it is nothing like a curse. The evil eye affects babies more than anybody else, but it can also affect adults, plants, and animals, but in different ways. In babies, the evil eye comes from being shown lots of affection. You yourselves can inflict the evil eye, but it happens unconsciously. Do you understand what I'm saying?"

Don Lorenzo and doña Ventura nodded without uttering a word.

"In other words," Grandma Cinda said, "any man or woman, relative or friend, can cast the evil eye. They see something in a child that attracts their attention. It could be the eyes, a smile, or the little hands. Or, it could be because the baby is very pretty.

"Now, let me ask you once again. Do you have any idea who could have showered your granddaughter with extreme affection—either a pinch or a kiss on the cheek or a tickling of her tummy, things like that?"

"No, not that we know of, señora," doña Ventura declared. "Why is that important?"

"It's important because then we could go straight to the person responsible for possibly causing the evil eye. Once we knew who it was, we could ask that person to come visit your granddaughter. At that point, the necessary steps could be taken to lift the evil eye."

"But we were told that you as a curandera could do that," doña Ventura said with a sad look on her face.

"That's one option. All I can do is try. God willing, I can cure your granddaughter, but you will have to bring her here to me as soon as possible.

If not, you can try and find a Juan or a Juana close to where you live. That's another possibility."

"How does a Juan or a Juana cure the evil eye?" a curious don Lorenzo asked.

"It's very simple. A Juan or a Juana is blessed with certain spiritual powers that can wipe away the evil eye.* They simply take a small swallow of water and transfer it from their mouth to the baby's mouth. Once that is done, the Juan or the Juana recites a short prayer and blesses the child. It's simple, but it's also powerful. The person who causes the evil eye could do the same thing."

"Is there by chance a Juan or a Juana around here in El Bosque in case we need to see one?" doña Ventura asked.

"Well, there's Mamá Juanita, my mother," Grandma Cinda said, "but she's away in Placitas and may or may not be back this afternoon. For now, it's best if you bring me the child so we can first determine if she has the evil eye or not."

"OK, doña Lucinda. We appreciate your help. We came here on foot from El Llanito, and it will take us a while to return home. If our granddaughter has not improved by the time we get back, we'll bring her to you this afternoon," don Lorenzo said.

"I will be here," Grandma Cinda said as they left.

I guess it was around midmorning when the couple left because I was a little hungry. Grandma and I usually had a snack about that time. I waited until she came into the kitchen, where she found me adding water to the pinto beans and stoking the fire in the woodstove.

"Let's munch on something. What do you say?" Grandma Cinda asked with a slight smile. "Get the *bizcochitos*. They're in the tin can where I always keep them. And get me a cup of coffee if it's still warm."

After we sat down at the kitchen table, I pretended not to know what was on those people's minds, even though I had heard most of the conversation. Grandma Cinda was very wise. She knew all along I had been listening, but she played dumb. She had me spoiled. I guess that comes with being the first grandchild.

---

*On Saint John's Day, water—whether in rivers, ditches, or *aguajes* (watering places)—was deemed to be holy by many people because of Saint John the Baptist. Thus a Juan or a Juana could cure a child of the evil eye by transferring water from their mouth to that of the baby's.

"Grandma Cinda, what did those people want?" I asked with a straight face. I wanted to learn more about the evil eye.

"They came because they think their granddaughter has the evil eye."

"And what's the evil eye, Grandma? It sounds bad. Is it?"

"Look, hijito. I've seen and cured many cases of the evil eye. It can be very serious if it's not treated right away."

"How serious, Grandma?"

"Quite serious. A child can die from the evil eye if not treated without delay."

"But how can you tell if it's the evil eye? And how can it be treated?"

"I tell you what," Grandma Cinda said. "Those folks will probably bring me the baby this afternoon. And when they come, you can observe what I do. What do you say?"

"Really, Grandma? I can watch?" I was very excited.

"Yes, but you will have to stay quiet. You can't ask me questions in front of people. I don't want them to think you're an *encimoso*, a pest. You understand?"

"Yes, I understand," I said. "I promise not to say anything."

I really was thrilled. Out of the blue, everything seemed to speed up, including my heart. I thought it was going to jump right out of my chest. Even the lid to the pinto beans seemed to want to fly off and hit the ceiling because of the hot steam.

That afternoon I could hardly sleep a wink during my siesta. I tossed and turned under the bed where I usually napped. It was cooler there. All of a sudden, I heard a knock on the living room door and the voices of don Lorenzo and doña Ventura. But when Grandma Cinda answered the door, I also heard two other voices that I did not recognize.

At that point, I came out from under the bed and headed straight for the living room. That's when don Lorenzo introduced their daughter and son-in-law, the baby's mother and father, to my grandma.

The baby was asleep in her mother's arms, but the grandparents informed Grandma Cinda that the baby still cried off and on. If something was bothering her, it didn't seem to go away. My grandma also observed that the baby's eyes were very puffy and blue.

"Now that the baby is asleep, it's a good time to find out if she has the evil eye or not," Grandma Cinda said. "The first thing I want you to do, doña Ventura, is to take your granddaughter to my bedroom, undress her except for her diaper, and put her at the head of my bed."

While I watched like a hawk, Grandma Cinda went to the kitchen and came back with an egg in one hand and a glass half full of water in the other hand. I wondered what she was going to do with them, but I just watched.

"There are several ways to determine if a child has contracted the evil eye," Grandma said to the family. "One way is to crack an egg into a glass half filled with water, and after that, place the glass underneath the bed right under the baby. Another method is to crack an egg into a saucer and place it on the baby's tummy. Either way, if an image of the human eye appears on the egg yolk, that's proof that the baby has the evil eye."

"So what do you do to treat the evil eye?" the young mother asked.

"That's the easy part," Grandma responded, "but we don't want to jump ahead of ourselves. First, we must find out if your daughter has the evil eye."

At that, Grandma grabbed the glass of water and the egg from the dresser where she had put them. She cracked the egg and dropped it into the glass. I saw the egg floating in the water as she put the glass under the bed directly under the baby. Grandma Cinda waited for two or three minutes before she checked the glass. Her guests waited anxiously. By now doña Ventura was biting her fingernails.

When Grandma Cinda got down on her knees to get the glass, I did the same thing. I noticed the glass sliding a little bit on the wooden floor before she brought it back out from under the bed. Then she stood up, looked inside the glass, and carefully placed it on top of the bed.

"There you are! Look inside the glass," she said to the baby's grandparents.

"Oh my God! I can't believe my eyes. Look, *viejo*! There's a human eye on the egg yolk, just like the señora said there might be. There's our answer. María Luz has the evil eye. I wonder who the culprit is?" doña Ventura said, looking directly at her husband.

"Who cast the evil eye is not as important at this time," Grandma said. "What matters is that now we know why your baby has been crying and not eating."

The baby's parents—first the mother, then the father—took a look in the glass and saw the human eye slowly fading away. By the time Grandma Cinda let me take a peek, the human eye had practically disappeared.

"What do we do now?" the baby's mother asked nervously.

"The rest is easy," Grandma said as she headed for the living room.

She came back with a little bottle of holy water that she kept behind a statue of the Holy Child of Atocha. The santo was on top of a small table. The baby started crying again. My grandma picked her up in her arms and sat on the edge of the bed just as Mamá Juanita walked in from Placitas. Grandma Cinda explained why those people were there. Mamá Juanita had treated and cured babies with the evil eye in the past, so she knew what to do.

She took a small swallow of Grandma Cinda's holy water and transferred it to the baby's mouth. The baby gurgled a little, but drank it just fine. Mamá Juanita then formed a cross with her thumb and forefinger, made the sign of the cross on the baby's forehead, and recited a brief prayer.

"There!" Mamá Juanita said. "I'm sure María Luz is going to be all right."

"God is great. We have done our part," Grandma Cinda added with confidence.

"Oh, señora, you don't know how happy you make us," doña Ventura exclaimed. "What a relief!"

"Yes, we are extremely thankful," don Lorenzo echoed. "Now, please tell us, how much do we owe you and your mother?"

"You don't owe us a thing," Grandma Cinda said. "*Angelitos*, little angels, are precious, especially the first grandchild, so you can't put a price on them. María Luz will reward all of you many times in the months and years ahead. As for me, personally, my payment is seeing your baby healthy again. That's the satisfaction I get from being a curandera."

"Thank you very much, doña Lucinda," they all replied in unison.

"May God look after you for your kind deed!" doña Ventura added. "We'll never forget what you and your mother did for us and the baby."

"Is there any way of preventing the evil eye?" María Luz's young mother asked as they prepared to leave.

"Some people believe it helps if you put a copper bracelet on the baby, or one made of turquoise beads. Other people think that coral beads can be helpful. A copper bracelet is what I recommend, perhaps because that's what I wear for my arthritis," Grandma Cinda said with a slight grin.

"Well, we want to thank you again. We're extremely grateful," don Lorenzo said.

They hopped in their wagon, happy as kids, and headed for their home in El Llanito. Afterward, Grandma Cinda made me dig a deep hole in the backyard near the wire fence to bury the egg. That piqued my curiosity.

"Grandma Cinda, why do we have to bury the egg?" I asked.

"To make sure that the evil eye does not return to harm the baby. And be sure the hole is deep enough. We don't want the neighbor's dog to come and dig it up."

"OK, Grandma."

"And if you don't want to bury the egg, we can burn it in the stove," Grandma Cinda said. "But on second thought, that's probably not a good idea."

"Why not, Grandma?"

"Well, it could stink up the kitchen worse than burnt beans," Grandma Cinda answered with a playful giggle.

When the Leybas and their daughter and son-in-law got home, they put María Luz in the small wooden crib that the grandfather had made for her. The crib sat on the floor and could be rocked with your feet. The grandmother looked at the baby and tickled her tummy. The baby cracked a smile. Her grin brought a happy look to everyone's face.

The following day, don Lorenzo and doña Ventura sent word to Grandma Cinda with a friend—along with a dozen fruit *empanaditas*, turnovers—informing her that their granddaughter had regained her appetite and was now sleeping like a log.

Grandma Cinda was also happy. And me? I had learned plenty about the evil eye.

El mal ojo

Manuel López and Lucinda Atencio, ca. 1925, en frente de su jacal en San Miguel, un lugarcito cerca de Cuba, Nuevo México.

Vengo a contarte un cuento fascinante sobre el mal ojo. Esto pasó hace mucho tiempo en casa de mi abuelita cerca de El Bosque en Bernalillo, al norte de Alburquerque. Yo estaba pasando el verano con ella. En aquel entonces yo apenas tenía siete años y pico de edad.

Mi abuelita—la mamá de mi madre—era curandera, que en un tiempo curaba a pacientes tal como lo hace hoy día un médico. Yo la llamaba Cinda, por Lucinda. Pacientes de todas edades, tanto hombres como mujeres, venían a su casa para que los curara de sus enfermedades. Entre sus pacientes había bebés que sufrían del mal ojo.

Según Abuelita Cinda, mucha gente, pero sobre todo las mamás, era supersticiosa de muchas cosas. Y algo en que de veras creían era el mal ojo que vino desde España a través de México. Hoy en día la superstición en Nuevo México se viene acabando.

Yo había oído del mal ojo en mi pueblito en el Valle del Río Puerco; sin embargo, yo no sabía mucho del mal ojo hasta que no vinieron este hombre y esta mujer a ver a Abuelita Cinda. Yo estaba en la cocina lavando los trastes del desayuno cuando de repente oí un golpe en la puerta de tela en la sala de estar.

—Hijito, hay alguien a la puerta. Ve a ver quién es—dijo Abuelita Cinda, y fui yo a ver.

—Buenos días—dijo el señor cuando abrí la puerta—. Buscamos a doña Lucinda. ¿Vive ella aquí?

—Sí, señor. Es mi abuelita.

—¡Hijiiiiito! ¿Quién es?—gritó Abuelita Cinda desde el cuarto de dormir donde estaba haciendo la cama.

—Es un hombre y una mujer. La buscan a usted—le contesté con la puerta entreabierta, mientras Abuelita Cinda se acercó a la sala de estar.

—Buenos días le dé Dios—dijo el hombre en un español formal y cortés—. Esta gente donde vivimos nosotros nos dijeron cómo hallarla a usted. ¿Usted es doña Lucinda, la curandera, no es cierto?

—Sí, soy yo. ¿Hay algo en qué pueda servirles?

—Ojalá que sí. Es que—

—¡Pasen! ¡Pasen!—interrumpió mi abuelita al dirigirlos a la sala de estar donde les daba la bien venida a sus huéspedes y a visitas.

Abuelita Cinda me vio de reojo. Yo estaba a la entrada que separaba la cocina de la sala de estar.

—Vete afuera a jugar, hijito—me dijo ella—. Y que no se te olviden los frijoles. Ten cuidado que tengan bastante agua para que no se vayan a quemar.

Pero en vez de salirme a jugar, le di un buen porrazo a la puerta y me quedé en la cocina a escuchar. Yo me ansiaba por saber qué quería esta gente.

—Perdonen—dijo Abuelita Cinda—. Ése es mi nieto de Ojo del Padre, mi primer nieto. Él viene a pasar los veranos conmigo. Es mi ayudante que me hierve agua y prepara remedios para mis pacientes. Ahora bien, ¿en qué puedo servirles?

—Señora—dijo el hombre, al bajar la cabeza—. Yo me llamo Lorenzo Leyba, y ésta es mi esposa, Ventura. Nosotros semos de El Llanito, al norte de Bernalillo.

—Sí, sí. Sé dónde está—comentó mi abuelita.

Saqué un vaso de agua de un barrilito de madera aforrado con guangoche que Abuelita Cinda tenía en la cocina. El guangoche mantenía el agua fresca. Le entregué el vaso a la señora, y me crucé los brazos—un gesto de respeto para con los adultos—mientras se bebía el agua. Luego le llevé el café, una cucharita, y un bote de leche evaporada Carnation a don Lorenzo.

Mientras don Lorenzo tomaba sus sorbos de café, Abuelita Cinda trató de calmarlos a él y a su esposa porque todavía estaban inquietos y por lo visto preocupados por su nieta.

—Bien, permítanme explicarles algo del mal ojo que tal vez no sepan—dijo Abuelita Cinda—. En primer lugar, como dije antes, el mal ojo no es algo malévolo. Ocurre sin malas intenciones; no es una maldición. El mal ojo afecta a bebés más que nada, pero también puede afectar a adultos, plantas, y animales, pero en diferentes modos. En una criatura, el mal ojo ocurre cuando una persona la admira mucho. Ustedes mismos son capaces de hacerle mal ojo, pero eso pasa sin que ustedes se den cuenta. ¿Entienden lo que les digo?

Don Lorenzo y doña Ventura movieron la cabeza sin decir una palabra.

—En otras palabras—dijo Abuelita Cinda—, ya sea hombre o mujer, pariente o amigo, pueden hacerle mal ojo a una criatura. Ellos ven algo en una criatura que les llama la atención. Pueden ser los ojos, una sonrisa, o las manitas. O, puede ser porque la criatura es muy bonita.

—Bueno, permítanme preguntarles una vez más. ¿Tienen ustedes la menor idea quién puede haber colmado de cariño a su nieta, ya fuera con un pellizco o un beso en las mejillas, o cosquillas en su estomaguito, cosas así?

—No, no que nosotros sepamos, señora—declaró doña Ventura—. ¿Por qué es importante eso?

—Es importante porque entonces podríamos ir directamente a la persona responsable por el mal ojo. Una vez que supiéramos quién era, podríamos pedirle a esa persona que viniera a ver a su nieta. Entonces, se podrían tomar los pasos necesarios para borrar el mal ojo.

—Pero nos dijeron que usted como curandera podía hacer eso—dijo doña Ventura con una cara de tristeza.

—Ésa esa una posibilidad. Yo sólo puedo hacer el esfuerzo. Dios mediante, podré curar a su nieta, pero tendrán que traérmela lo más pronto posible. Si no, pueden buscar a un Juan o a una Juana donde viven ustedes. Ésa es otra posibilidad.

—¿Cómo es que un Juan o una Juana pueden curar el mal ojo?—preguntó don Lorenzo con cierta curiosidad.

—Es muy simple. Un Juan o una Juana están dotados con ciertos poderes espirituales que pueden borrar el mal ojo.* Simplemente toman un traguito de agua y lo transfieren de su boca a la boca del niño. Una vez que hagan eso, el Juan o la Juana rezan una oración corta y bendicen a la criatura. Es cosa simple, pero también es algo poderoso. La persona que causa el mal ojo podría hacer lo mismo.

—¿Hay por casualidad un Juan o una Juana por acá en El Bosque en caso de que necesitemos uno?—preguntó doña Ventura.

—Pues, está Mamá Juanita, mi madre—dijo Abuelita Cinda—, pero está fuera en Placitas y es posible que vuelva o no vuelva esta tarde. Por el momento, es mejor que me traigan a la niña para determinar si sufre o no del mal ojo.

—Bueno, doña Lucinda. Le agradecemos su ayuda. Vinimos a pie desde El Llanito, y nos tardaremos buen rato en regresar a casa. Si nuestra nieta no ha mejorado para cuando estemos de vuelta, se la traemos esta tarde—dijo don Lorenzo.

—Aquí estaré—dijo Abuelita Cinda al marcharse ellos.

Yo creo que era como a mediados de la mañana cuando se marchó la pareja porque yo tenía un poquito de hambre. Yo y mi abuelita normalmente comíamos algo a esa hora. Esperé hasta que ella entró en la cocina, donde me halló echándole agua a los frijoles and atizando el fuego en la estufa de leña.

—Vamos a comer algo. ¿Qué dices?—me preguntó Abuelita Cinda con una sonrisita—. Traete los bizcochitos. Están en el bote donde los guardo siempre. Y ponme una taza de café si todavía está tibio.

Después que nos sentamos a la mesa, pretendí no saber lo que quería aquella gente, aunque yo había escuchado casi toda la conversación. Abuelita Cinda era muy astuta. Ella sabía que yo había estado escuchando, pero se hizo la tonta. Me tenía echado a perder. Quizás eso pasa cuando uno es el primer nieto.

—Abuelita Cinda, ¿qué quería esa gente?—pregunté con una cara seria. Yo quería saber más sobre el mal ojo.

—Vinieron porque creen que su nieta tiene el mal ojo.

—¿Y qué es el mal ojo, Abuelita? Suena feo. ¿Es algo malo?

---

*Para el día de San Juan, el agua—ya fuera en ríos, acequias, o aguajes—se consideraba bendita entre mucha gente gracias a San Juan Bautista. Así que un Juan o una Juana podían curar a una criatura del mal ojo traspasando agua de su boca a la boca del niño o la niña.

—Mira, hijito. Yo he visto y curado muchos casos del mal ojo. Puede ser muy serio si no se trata pronto.

—¿Qué tal serio, Abuelita?

—Bastante serio. Una criatura puede morirse si no la curan presto.

—¿Pero cómo se sabe si es el mal ojo? ¿Y cómo se puede curar?

—Ya verás—dijo Abuelita Cinda—. Esos señores probablemente me van a traer a la niña hoy por la tarde. Y cuando vengan, tú puedes observar lo que hago. ¿Qué dices?

—¿De veras, Abuelita? ¿Puedo observar?—dije muy excitado.

—Sí, pero tendrás que estarte callado. No puedes hacerme preguntas delante de la gente. No quiero que vayan a pensar que eres un encimoso. ¿Me entiendes?

—Sí, entiendo. Prometo no decir nada.

Yo estaba todo emocionado. De buenas a primeras, todo parecía acelerar, incluso mi corazón. Creí que iba a saltar fuera de mi pecho. Hasta la misma tapadera de los frijoles parecía que iba a volar y pegar contra el techo, del vapor.

Esa tarde apenas pude dormir la siesta. Me di vueltas y vueltas debajo de la cama donde costumbraba dormir. Allí estaba más fresco. De pronto, oí un golpe en la puerta de la sala de estar y las voces de don Lorenzo y doña Ventura. Pero cuando Abuelita Cinda fue a la puerta, yo también oí dos voces más que no reconocí.

En ese momento, salí de debajo de la cama y me fui derecho a la sala de estar. Fue entonces que don Lorenzo presentó a su hija y a su yerno, la mamá y el papá de la criatura, a mi abuelita.

La niña estaba dormida en los brazos de la madre, pero los abuelos le informaron a Abuelita Cinda que la niña todavía lloraba de vez en cuando. Si algo le molestaba, no parecía desaparecer. Mi abuelita también se dio cuenta que los ojos de la niña estaban muy hinchados y azules.

—Ahora que está la niña dormida, es un buen tiempo para ver si es o no es el mal ojo—dijo Abuelita Cinda—. Lo primero que quiero que haga usted, doña Ventura, es que lleve a su nieta a mi recámara, la desvista, menos el pañal, y que la acueste en la cabecera.

Mientras yo observaba como un gavilán, Abuelita Cinda fue a la cocina y volvió con un huevo en una mano y un vaso medio lleno de agua en la otra mano. Me preguntaba que si qué iba a hacer con ellos, pero sólo me quedé observando.

—Hay varios modos de determinar si una criatura tiene el mal ojo—dijo mi abuelita a la familia—. Uno es quebrar un huevo y echarlo en un vaso medio lleno de agua, y después, poner el vaso debajo de la cama exactamente donde está la niña arriba de la cama. Otro modo es quebrar un huevo y echarlo en un platillo y ponerlo en el estómago de la criatura. De un modo u otro, si una imagen del ojo humano aparece en la yema del huevo, es prueba que la criatura tiene el mal ojo.

—¿Entonces qué hace usted para sanar el mal ojo?—preguntó la mamá jovencita.

—Eso es lo más fácil—contestó mi abuelita—, pero no hay que adelantarnos. Primero, hay que ver si tu niña tiene el mal ojo o no.

Luego, Abuelita Cinda agarró el vaso con agua y el huevo de la cómodo donde los había puesto. Quebró el huevo y lo dejó caer en el vaso. Vi que el huevo flotaba en el agua mientras ella puso el vaso debajo de la cama directamente donde estaba la niña arriba de la cama. Abuelita Cinda esperó unos dos o tres minutos antes de examinar el vaso. Sus huéspedes esperaban con ansia. Para ese entonces doña Ventura se mordía las uñas.

Cuando Abuelita Cinda se puso de rodillas para sacar el vaso, yo hice lo mismo. Noté que el vaso se resbalaba un poquito en el suelo de madera antes de que lo sacara ella de debajo de la cama. Entonces se paró, miró en el vaso, y con mucho cuidado lo puso encima de la cama.

—¡Ahi tienen! Miren dentro del vaso—les dijo a los abuelitos de la niña.

—¡Oh Dios mío! No lo puedo creer. ¡Mira, viejo! Se ve el ojo de una persona en la yema, tal y como dijo la señora que podía ocurrir. Ahi está la prueba. María Luz tiene el mal ojo. ¿Quién será el culpable?—dijo doña Ventura, mirando directamente a su marido.

—Quién le hizo mal ojo a su nieta no es tan importante en este momento—dijo mi abuelita—. Lo que importa es que ahora sabemos por qué su niña ha estado llorando y sin ganas de comer.

Los padres de la niña—primero la mamá, luego el papá—dieron un vistazo en el vaso y vieron el ojo desaparecer poco a poco. Ya para cuando Abuelita Cinda me dejó ver, el ojo casi había desaparecido por completo.

—¿Qué hacemos ahora?—preguntó la mamá de la niña un poco nerviosa.

—Lo demás es fácil—dijo mi abuelita al dirigirse a la sala de estar.

Volvió con una botellita de agua bendita que ella guardaba detrás de una estatua del Santo Niño de Atocha. El santo estaba en una mesita. La niña empezó a llorar de nuevo. Mi abuelita la levantó en sus brazos y se sentó a la orilla de la cama cuando llegó Mamá Juanita de Placitas. Abuelita Cinda le explicó por qué es que aquellas gentes estaban allí. Mamá Juanita había tratado y curado a criaturas del mal ojo en el pasado, así que ella sabía qué hacer.

Tomó un traguito del agua bendita de Abuelita Cinda y se la dio a la niña en la boca. La niña gorjeó un poquito, pero se la bebió sin dificultad. Después Mamá Juanita formó una cruz con el dedo pulgar y el dedo índice, le hizo la señal de la cruz a la niña en la frente, y rezó una breve oración.

—¡Ahi está!—dijo Mamá Juanita—. Estoy segura que María Luz va a estar bien.

—Dios es muy grande. Hemos cumplido con nuestro deber—añadió Abuelita Cinda con mucha confianza.

—Oh, señora, no sabe usted lo contento que estamos—exclamó doña Ventura—. ¡Qué alivio!

—Sí, estamos muy agradecidos—repitió don Lorenzo—. Ahora, díganos, ¿cuánto les debemos a usted y a su madre?

—No nos deben nada—dijo Abuelita Cinda—. Los angelitos son preciosos, especialmente el primer nieto, así que no puede uno ponerles precio. María Luz les dará mucho gusto a través de los meses y años. En cuanto a mí, personalmente, mi pago es ver a su niña en buena salud. Ésa es la satisfacción que yo saco de ser una curandera.

—Muchísimas gracias, doña Lucinda—respondieron todos a la vez.

—¡Qué Dios la bendiga por su cariñoso gesto!—añadió doña Ventura—. Jamás olvidaremos lo que usted y su madre hicieron para nosotros y la niña.

—¿Hay algún modo de evitar el mal ojo?—preguntó la joven mamá de María Luz mientras todos ellos se despedían.

—Algunas gentes creen que ayuda si se le pone una pulsera de cobre a la criatura, o una hecha con cuentas de chichigüite. Otras gentes creen que cuentas de coral pueden ser útiles. Yo recomiendo una pulsera de cobre, tal vez porque es lo que uso para mis rumos—dijo Abuelita Cinda con una sonrisita.

—Bueno, queremos darle las gracias una vez más. Estamos muy agradecidos—dijo don Lorenzo.

Se subieron en el carro de caballos, contentos como unos niños, y se fueron a su casa en El Llanito. Después, Abuelita Cinda me pidió que hiciera un hoyo en el traspatio junto al cerco para enterrar el huevo. Eso me llamó la atención.

—Abuelita Cinda, ¿por qué tenemos que enterrar el huevo?—le pregunté yo.

—Para estar seguros de que el mal ojo no retorne a hacerle daño a la niña. Y ten cuidado que el hoyo esté bastante hondo. No queremos que el perro del vecino venga y lo saque.

—Bueno, Abuelita.

—Y si no quieres enterrar el huevo, lo podemos quemar en la estufa— dijo Abuelita Cinda—. Bueno, quizás no sea tan buena idea.

—¿Por qué no, Abuelita?

—Pues, pudiera apestar la cocina peor que los frijoles quemados—contestó Abuelita Cinda con una risita juguetona.

Cuando los Leyba, su hija, y el yerno llegaron a casa, acostaron a María Luz en la cuna de madera que le había hecho el abuelito. La cuna estaba en el suelo y podía mecerse con los pies. La abuelita miró a la niña y le hizo cosquillas en su estomaguito. La niña se sonrió. Su sonrisa provocó alegría en todos.

El próximo día, don Lorenzo y doña Ventura le enviaron noticias a Abuelita Cinda con un amigo—junto con una docena de empanaditas de fruta—informándole que su nieta había recuperado su apetito y que ahora estaba durmiendo como un tronco.

Abuelita Cinda también estaba contenta. ¿Y yo? Pues yo había aprendido muchísimo tocante al mal ojo.

Grandma's Santo on Its Head

Introduction: Punishing the Santos

I was a small boy when I first heard talk about punishing *santos* (images or statues of saints) or petitioning them for favors. It was during World War II when two of my Grandma Cinda's women friends came to visit her. Before long, the two visitors were crying. Their sons were soldiers with the U.S. Army in Europe, and they were afraid they might get killed in battle and never return home alive.

Grandma Cinda was a very religious person. In fact, she had a small altar in her bedroom where she and her friends knelt down to pray. That is when I overheard one of the ladies say to Grandma, "I will hide the Santo Niño de Atocha in my husband's footlocker and keep him there until He brings my son back from the war."

Making threats, promises, or petitions to santos was common among Hispanic women—and some men—of northern New Mexico. This was particularly true in small villages like mine. If the santo answered the woman's prayers, she would then reward him with a novena, with a series of rosaries, or by lighting votive candles to show her gratitude.

Similarly, if droughts threatened the crops of ranchers and farmers, parading a santo through the drought-stricken cornfields was also common, but a santo could also be punished in other ways for not answering rain prayers. The punishment depended on the woman's approach and disposition.

Grandma Lale, my paternal grandmother in my native Río Puerco valley, had her own ways, too. "Grandma's Santo on Its Head" is the story of her favorite santo, Nuestro Señor de Esquípulas, and what she did to him to bring much-needed rain to Grandpa Lolo's crops. I saw Grandma Lale in action. This is what happened on their *ranchito.*

Grandma's Santo on Its Head

My Grandma Lale (remember her from the story about La Llorona?) had lived in the Río Puerco valley since she was a little girl. She often talked about how dry it could get during the summer if the rains did not come. The droughts came every so many years, but when they struck, they could be brutal.

Corn harvest in late summer at Grandpa Lolo's farm.

The parched earth cracked and burned with anger. The grass roasted, and the sagebrush got scorched. Even the tumbleweeds swirled and turned somersaults on the plains and in the ravines as they were uprooted by the gusty winds that came down from the peaks on one side and the foothills on the other. The scene was scary. I know. I was there.

Because of the summer heat, not even the prairie dogs in the Cañada del Camino near my little house emerged from their burrows. Their underground homes were the best protection against the unbearable heat. Sooner or later, it would have to rain, but neither Grandma Lale nor Grandpa Lolo knew when that fateful day would come.

"Only God knows," Grandma Lale said in a disconsolate tone of voice.

My grandma was a very religious woman. She had her santos that she prayed to, but her favorite was Nuestro Señor de Esquípulas. Among the Penitentes, he was thought to be the one to bring rain. He's the one Grandma Lale implored whenever she needed a favor or asked for spiritual support and guidance.

Grandma Lale was also a serious person. She rarely smiled. She was a strong and resolute woman but in her own way possessed a certain tenderness, although it was not apparent at first glance because of her stern disposition. From time to time, she even showed a sense of humor. Above all, she was an extremely intelligent person.

One hot summer day, I was messing about in front of my parents' house with tin cans stuck to the bottom of my shoes (I called them walking skates) when I heard the faint voice of my grandma coming from her kitchen window.

"*¡Hijitooo!* Coooome over here! Come close!" she shouted.

I saw the curtains move. I slowly approached the window, making a clattering sound with my walking skates.

"Did you call me, Grandma?" I asked.

"Yes, hijito. Come through the kitchen door. I have an errand for you . . . and don't scratch the floor with those cans of yours."

"OK, Grandma."

"But hurry! Quit dragging your feet."

I hurried as best I could, clanging my tin-can shoes. I went to the front of the house and walked up two large stones that my grandparents used as steps to the portal. Before opening the screen door, I dislodged the tin cans from my shoes.

"Hold on to the door, hijito, or it's going to come off the hinges. And don't let the flies come in," Grandma Lale said.

Once in the kitchen, I saw my grandma with her nose powdered with flour. It looked like the tail of a cottontail rabbit. I wanted to laugh but resisted. She was kneading dough to make tortillas before Grandpa Lolo returned from the cornfields.

"What did you need, Grandma?" I asked her.

"Look, hijito. Go to the bedroom where your grandpa and I sleep. In the corner is a trunk."

She had not yet uttered the last word when I took off not knowing what she wanted. I got all excited because Grandma never allowed her grandchildren to go inside her bedroom.

"*¡Vuélvete!* Come back here! Where are you going like a bolt of lightning?" she exclaimed a bit impatiently. "Open the trunk. In the top drawer, there's a small pouch made of deerskin. Bring it to me. But don't go open it. Here are the keys—one's for the bedroom, and the other is for the padlock to the trunk."

I went out of the kitchen, but this time more cautiously, trying not to bang the screen door. I unlocked the bedroom door, then I tiptoed inside. The room was quite dark. I opened the curtains facing west and raised the shades to allow more sunlight to come in. Little by little, the room turned brighter, and I began to see in the semidarkness. For a few fleeting moments, I forgot all about the trunk. Instead of opening the trunk, I looked around, and I noticed a wooden santo facing the wall in a *nicho*. I had never seen a santo positioned like that.

Then I heard Grandma hollering. I could barely hear her because of the thick adobe walls.

"Can't you find the pouch, hijito?"

"Yes, I'm coming. I couldn't see. It's very dark in here," I replied.

Quickly I grabbed the key to the trunk, opened it, and found the small bag. I stuck it in my overalls and locked the padlock and the bedroom door. I took a few long steps down the portal and returned to the kitchen where my grandma already had a stack of steaming tortillas.

"Is this what you wanted, Grandma?"

"Yes, hijito. Let me have it. And give me the keys," Grandma said. "Now you can go back out and play."

I stood motionless and a bit pensive, thinking about the santo in the nicho facing the wall.

"Would you like a tortilla while they're hot?"

"No, I'm not hungry."

"Then why are you standing there like a fence post?"

"Grandma," I said in a quivering voice, "why is the santo in your bedroom turned backwards?"

"¡Oh, hijito!"

"And why is it so ugly? His face is black like the mud in the pigs' pen."

"My dear child! The things you say and ask. You're just six years old and so inquisitive. What am I going to do with you?"

"I only ask because I want to know."

"Well, that santo is my pampered santo. His name is Nuestro Señor de Esquípulas. Whenever I need a favor, I pray to him," Grandma explained.

"But if he's your pam, pam . . . santo—"

"Pampered," Grandma Lale interrupted. "That means spoiled."

"If he is your *paaampered* santo, why isn't he with the other santos so that you can see his face?"

"You'll find out soon enough," Grandma said. "Now, scoot. Go outside and play."

A few days went by, but that mysterious-looking santo stuck in my head. *If he's Grandma's spoiled santo, why does she have him facing the wall?* I wondered. It didn't make any sense. I wanted to ask my mother, but I didn't dare. I should keep what I saw in my grandparents' bedroom to myself.

One morning after breakfast, my mother asked me to tend to the chickens. With a small pan of ground corn in one hand and a bucket of water in the other, I headed for the chicken coop when I heard my grandma's voice. This time it came from the portal where she was enjoying a cup of coffee in Grandpa Lolo's rocking chair.

"¡Hijito!" she shouted. "When you finish your chores, come by here."

"OK. I'll be there in a moment," I said. "I have to feed the chickens and fill their pans with water."

Once I finished, I went to see what Grandma Lale wanted. She was no longer on the portal, so I knocked on the kitchen door and went inside. I was careful not to bang the screen door because it always made Grandma mad when I did.

"Here I am," I said in a trembling voice.

For a moment I thought she was going to scold me because I had forgotten to close the blinds in their bedroom after I fetched her deerskin pouch.

"Look," Grandma said. "Go ask your mom for some kitchen matches. Tell her I don't know where your grandpa put the new box."

Since our little house was next door, I was back in no time. I returned with a fistful of wooden matches and was about to leave when Grandma said to me, "No, don't go just yet. I want you to help me do something. Come with me."

With matches in one hand and some keys on a leather string in the other, she headed to their bedroom. I followed her. She opened the door, and to see better in the dark, she struck a match on a rock that she used for a doorstop.

"Here, take this key and unlock the trunk," Grandma said. "Lift the top drawer, and down in the bottom you'll see a paper sack with candles. Some are long white ones; the others are small and fat. They're yellow. Get me one of the fat ones."

Grandma Lale barely managed to illuminate the trunk because the match she lit was about to go out and burn her fingers. Meanwhile, I was on my knees, looking and looking for the candles amidst all the knickknacks. God only knows what my grandma kept in there. I finally found the candles.

"Did you find them or not, hijito?"

"Yes, here's the paper sack."

"Well, give me one of the little fat candles."

I grabbed one and handed it to her. She tried lighting the candle, but the wick was too short. Using a match, she scraped the wax around the wick while I held up a burning match so she could see. Once she lit the candle and the room brightened a little, she approached Nuestro Señor de Esquípulas. She knelt and whispered a few prayers. I also knelt and just listened.

What really caught my eye this time more than anything else was the fact that the santo no longer faced the wall. Now he was standing on his head! I was puzzled and left scratching my head.

After she finished praying and made the sign of the cross, we stood up and left the bedroom. She locked the door behind us.

"There we are! You're quite a big boy! Tell your mom that I'll pay her back the matches after your grandpa comes home. Are you listening to me or not?"

"Yes, yes. But, but—"

"But, but what?" she mimicked me.

Without waiting for her to say one more word, I responded, "But why is your favorite santo on its head?"

"My dear child! How many times have I told you not to ask so many questions? Because—"

"Because I don't want to wait till later!" I interrupted her. "I want to know right this very moment."

"Goodness gracious! Now we're really in a fix. From a nosey Parker to bossy Bessy. Listen. I have him standing on his head because he's been naughty. He hasn't honored what I requested."

All of this chatter left me more confused than before. *Requested, honored*—these were words I did not quite grasp. All the same, I dared to express my unhappiness.

"Grandma, I don't understand a thing you just said. Please explain to me so that a boy my age is able to comprehend. How can a santo be bad if it's God's child?"

"Oh, my dear child! I don't know where you get all this stuff. Who teaches you these things? Look, you've seen how hot it's been this summer, right? You've seen how it hasn't rained a single drop, right? You've heard the locusts the entire summer, right? You've—"

"Yes, yes, Grandma," I answered, interrupting the barrage of questions that she tossed at me as if to keep me quiet.

"That's the reason I have him upside down," she said. "It's a punishment of mine because he has failed to carry out his obligation."

"And what's an obligation?"

"Water, water, rain, rain!" she responded annoyed and without explaining what the word meant.

We were now into August, a month that as a rule brought us some good showers. Even Grandpa Lolo, a very patient man, was beginning to show his own sadness. The wrinkles on his face, wrinkles that reflected his age as well as the rainless times, looked more wrinkled than usual.

And the weeds grew and grew in the scorching heat. They were the only things that thrived, but Grandpa Lolo kept hoeing. He was determined not to let the weeds overtake the corn and the rest of the crops. While the weeds grew, the soil turned into clumps of dirt that looked like sprouting rocks with each whack of the hoe. Besides weeds, worms added to Grandpa's problems. The ugly gray critters popped from the soil every time he struck the ground with the hoe. But Grandpa Lolo valiantly fought the two unsightly and relentless foes.

He was equally concerned about his animals: horses, cattle, and goats. By now the patches of grass in the countryside were parched; they resembled toasted tortillas tossed helter-skelter. The landscape breathed heat waves, and the earth spewed invisible fire.

Grandma Lale also worried that if a good rain didn't come soon, there would be no corn, pumpkins, watermelons, cantaloupes, or pinto beans to harvest. But there was nothing to do except to pray. Not even her favorite santo appeared to take pity on the drought-ridden crops, but as Grandma was accustomed to saying, "A miracle cannot come to pass without God's help."

Grandpa Lolo and Grandma Lale kept up their hopes that, sooner or later, a kind rain would come. Grandpa Lolo had a saying: "Hope is the bread of the soul because bread is placed in each and every mouth that has faith." My grandpa had hope. My grandma had hope. And me? I only thought about what hope might be because I didn't quite yet comprehend all those grown-up things.

The day came when Grandpa Lolo could not fight the unkind weeds by himself, so he invited my cousins and me to help him. My cousins lived by the river a short distance from my grandparents' house.

At dawn the next day, the morning was pretty cool. After breakfast, we all gathered in front of the portal at my grandparents' house. Each one of us had a hoe.

"Does everyone have a canteen or jug of water?" Grandpa Lolo asked. "And don't forget your hats. You can get sunburned from too much sun on your noggin," he added with a chuckle.

The cornfields weren't far away. We went down a short hill close to the *era*, the field where Grandpa Lolo threshed his pinto beans. He led the pack with his hoe over his right shoulder. The rest of us strung along behind him like cattle headed for a watering hole. We reached the cornfields in no time, eager to wage battle against the pesky weeds.

"All right," Grandpa Lolo said, "each of you take a row of corn, and when you finish that one, you take another one. But watch out for rattlesnakes, and if you have to rest, fine, but not all of you at the same time."

Except for pausing a moment here and there, we hoed practically the entire morning without stopping. Since no one wore a watch—because nobody had one—we didn't know the time of day. We went strictly by the sun.

Once the noon sun stood directly above us, Grandma Lale appeared in front of the portal and waved a white towel. It was lunchtime! We walked up the hill very slowly, wiping the droplets of sweat from our brow with our shirt-sleeves.

After lunch, I took a siesta under my bed. By late afternoon, we were back in the cornfields, hoeing and hoeing, perspiring and perspiring. But the locusts didn't seem to mind the extreme heat; they were in seventh heaven with their loud, high-pitched buzzing sound.

As the heat dipped, Grandma Lale showed up with a twenty-pound can and a bundle wrapped in a dish towel. She untied the dish towel and spread it on the ground under a large cottonwood tree. Over the years, the tree had grown to a mammoth size in the middle of the cornfield. It was the perfect place for a *merienda*, a snack. Wrapped in the dish towel were *bizcochitos* and pumpkin *empanaditas*, turnovers. My grandma opened the can and out came three full jars of chamomile tea, made from plants that grew in the wild.

"Let's have a snack," Grandma said, and each one of us reached for a bizcochito or an empanadita.

After we ate, Grandma Lale went back home, and the rest of us lay down on the ground under the cottonwood tree to rest. We covered our face with our hats and crossed our hands behind our heads. Our hands served as pillows.

Before covering my face with my *saguaripa*, straw hat, I looked up toward the sky. Out of the blue, I saw a snake crawling down the tree headed toward Grandpa Lolo. At first I was startled by the snake. Then I became anxious, but I refused to alarm my grandpa. Instead, I kept an eye on the dark brown snake as it slithered with incredible ease and grace. Until that moment, I thought snakes only crawled on the ground.

Suddenly, I was surprised to see Nuestro Señor de Esquípulas. He was resting against a fork in the tree with his eyes facing the sky. Little by little, the snake crawled downward, closer and closer to the santo. When it got very close, it moved sinuously to one side of the santo and proceeded without making a sound. For a brief moment, I thought the snake would perhaps shake the santo and it would come tumbling down on Grandpa Lolo's head. By the time the snake was about to touch the ground, I built up enough courage to stand up. I tiptoed quietly and tapped my grandpa on the shoulder.

"Grandpa, Grandpa!" I whispered, trying not to frighten my cousins. "Here comes a snake."

"What? What?" he said a bit drowsily.

"A snake! Look!" I said as Grandpa Lolo casually glanced at the serpent.

"It won't hurt you, hijito. That's a *ratonera*," he said, rubbing his eyes. "Let it be on its way."

All the while, my cousins had fallen asleep, so they didn't notice what was going on.

"OK. Up! Back to hoeing. Get with it!" Grandpa shouted. "You can't get tired unless you work."

We hoed row after row, plant after plant. It seemed as though we weren't making any progress. When late evening came and the sun began to vanish behind the San Mateo Mountains, Grandpa Lolo hollered at us, "We're done for the day! Put your hoes upside down with the blade against the tree."

He had no sooner uttered the last word when I took off. I ran up the hill at full speed to see Grandma Lale. Virtually breathless and without knocking on the screen door, I dashed into the kitchen like a whirlwind. Grandma Lale, who was cooking supper, stood stupefied, with her eyes bulging like a pair of white coffee cups.

"What in the world is wrong, hijito?"

"Gran-Gran-Grandma!" I said, hardly able to utter the word. "Your *santo*, your *santo*!"

"What about it?"

"He almost got bitten by a snake."

"Serves him right! He's got it coming," Grandma Lale said. "Why doesn't he bring us some rain? Can't he see how the cornfields are drying up? If it doesn't rain soon, he's really going to get it."

Right about that time, Grandpa Lolo showed up in the kitchen after my cousins had gone home to eat supper. I would not see them until tomorrow morning when we would finish whatever hoeing remained.

Neither my grandma nor my grandpa had said what a ratonera was, so before I went home, I just had to find out.

"Grandpa, what's a ratonera?"

"Ah, hijito, I'm glad you asked. A ratonera is a friend of the farmer. It is a bull snake, which feeds on the field mice that eat crops such as corn and pinto beans. Plus, it is not poisonous like a rattlesnake."

Before then, I didn't know the difference between a rattlesnake and a snake that eats mice. I thought all snakes were poisonous. Not only that, I was surprised that snakes can climb and crawl in high places such as trees.

The next day, after breakfast, we gathered again very early in front of Grandpa's portal. We walked down to the cornfields and hoed for quite a while. This time, Grandma showed up at midmorning with coffee, mint tea, and some *pastelitos*, small pumpkin pies.

After snacking, Grandma Lale asked me and my cousins to form a column. We lined up behind her. Grandpa Lolo was at the tail end. She fastened her sunbonnet tightly, and with Nuestro Señor de Esquípulas close to her bosom, she led us through the cornfields as though we were in a religious procession.

First she walked up one row of corn and then down another, saying her prayers. Except for one of my cousins, the rest of us barely knew how to pray, but we mumbled something just to imitate her. From time to time, I could hear Grandpa Lolo say, "May our Fatherly God treasure this wonderful day."

The next thing I saw was Grandma Lale holding Nuestro Señor de Esquípulas firmly by the neck and feet with both hands. She paused and pointed his face right at the thirsty plants to show the santo the pathetic-looking crops. I watched Grandma Lale perspire from the stifling heat.

She stopped for a brief moment, and from her apron she took out the little deerskin pouch I had fetched from her bedroom. She carefully untied the leather knot around the pouch and took out a little brown book. Grandma Lale thumbed through a few pages until she came to the one she wanted. She sighed. We all watched her. There was dead silence. Suspense hung in the air. Then, in the most beautiful and lovely voice I had ever heard, she started singing a solemn and sad alabado, a religious hymn, which left us in awe. I can still recall a couple of verses.

> All of life's necessities
> that come with bitterness
> depart being consoled
> by my Señor de Esquípulas.
>
> Give us your blessing
> with your pure blood,
> and I pray with all of my heart
> to you my Señor de Esquípulas.

As she concluded the hymn in the middle of the cornfield, her voice sounded like those melodic desert birds of northern New Mexico, and teardrops ran down her face. A serious and strong woman, she finally had shown her tender side.

And all of a sudden, it began to drizzle. With her hands on her hips, Grandma Lale stood erect, glancing at the dark clouds that were beginning to fill the sky. Showing a little contorted smile, she winked at me and then hollered at all of us.

"Let's go! The rain's coming! We're going to get wet!"

I looked toward the heavens and opened my mouth. I stuck out my tongue so I could taste the first raindrops.

All at once, the clouds ruptured, and the rain came down like cats and dogs. The sky felt like it was falling on top of us. We burned shoe leather going up the hill until we got to my grandparents' house, but we still got drenched. We hardly stepped onto the portal when the lightning started to flash, first above the Black Mesa, then across Chivato Peak. The sky roared with thunder, the kitchen window rattled, and the screen door creaked. The boards on the portal shook and trembled, adding to the racket. The whole scene was scary, but Grandma Lale sparkled with joy.

Grandpa Lolo had lagged behind. Because of his age and his arthritic knees, he had a hard time walking fast. When he got home, he sat down at the edge of the portal with his feet practically touching the ground. He moved his legs back and forth like a little kid. Glancing at his cornfields, he let out a long sigh, and repeated his favorite words, "May our Fatherly God treasure this wonderful day."

The rain lasted a long spell. Though it was just about high noon, the sky and the dark clouds now looked like flocks of blackbirds. It kept getting darker by the minute. Once the storm was over, my cousins went home. I stayed back, rocking in Grandpa Lolo's rocker, while he and Grandma Lale talked about how dry it had been.

Now, thanks be to God—and to Nuestro Señor de Esquípulas—they would delight in a good harvest. Corn for the animals and for the rest of us would be plentiful. There would be pumpkins for empanaditas and pastelitos. There would be peas to can. There would be pinto beans to thresh. There would be a little bit of everything for all of us. There would be food on the table!

Grandma Lale, still clutching Nuestro Señor de Esquípulas in her arms, now caressed him like a newborn child. She was happy that her pampered santo had finally answered her prayers. While I rocked back and forth on Grandpa's chair, she glanced at me out of the corner of one eye and smiled a rare smile.

By late evening, darkness set in, and the frogs began their croaking in the cornfields now saturated with water. Tonight they would keep me awake. But it didn't matter because tomorrow we would not have to fight the weeds and the worms. And the corn plants would be just as happy as Grandma Lale and Grandpa Lolo.

"Come, hijito. Come with me before you go home," Grandma said. "I want you to help me. Here, take Nuestro Señor de Esquípulas. But hold him tight so you don't drop him."

She headed for their bedroom, unlocked the door, and took out a kitchen match from her apron pocket. She stepped inside. It was pitch-dark, as always. She lit two tall, thin candles—the white ones. I remained in the doorway.

"Bring the santo over here, hijito," she said. "Place it in the nicho."

I placed Nuestro Señor de Esquípulas facing the front like the rest of the santos Grandma kept in her tiny altar. She looked at me, smiled once again, and winked. Now Grandma Lale knew that I finally understood why she had punished Nuestro Señor de Esquípulas by placing him upside down. She then placed the two candles, one on each side of her pampered santo. I heard her speak softly, "To lose one's faith is much easier than to find it again."

El santo patas arriba de mi abuelita

Mi Abuelita Lale (¿te acuerdas de ella en el cuento de La Llorona?) había vivido en el valle del Río Puerco desde niña. Ella hablaba a menudo de lo seco que se podían poner los veranos si no venían las lluvias. Las secas pegaban cada cuantos años, pero cuando pegaban, podían ser bárbaras.

La tierra se rajaba y ardía de furia. El pasto se tostaba, y los chamizos se chamuscaban. Hasta las mismas cizañas bailaban y daban sus marometas en el llano y en las cañadas al desenraizarse gracias a los vientos que bajaban de los cerros por un lado y de las laderas por el otro lado. Era una cosa espantosa. Yo sé. Yo lo vi.

Del calor que hacía, ni las mismas tuzas en la Cañada del Camino no muy lejos de mi casita se asomaban. Sus tuseros eran la mejor protección del aquel calor insportable. Tarde o temprano, tendría que llover, pero ni Abuelita Lale ni Abuelito Lolo sabían cuándo llegaría ese día.

—Sólo Dios sabe—dijo Abuelita Lale en un tono triste.

Mi abuelita era una mujer muy religiosa. Tenía sus santos a quienes les rezaba, pero su favorito era Nuestro Señor de Esquípulas. Entre los

Penitentes, se creía que él traía lluvia. A él le rezaba ella cuando quería algún favor o necesitaba apoyo espiritual.

Abuelita Lale también era una persona seria. Casi nunca sonreía. Era una mujer fuerte y determinada, pero en cierto modo tenía su ternura, aunque a primera vista no se le notaba debido a su carácter riguroso. De vez en cuando, hasta demostraba un cierto sentido de humor. Más que nada, era una persona inteligentísima.

Un día bochornoso de verano, andaba yo con mis patines de botes en los zapatos (yo les llamaba patines andantes) en frente de la casa de mis padres cuando oí la voz de mi abuelita que venía de la ventana de su cocina.

—¡Hijitooo! Veeeen. ¡Arrímate!—gritó ella.

Vi que se movían las cortinas. Me acerqué despacito con el traqueteo de mis patines andantes.

—¿Me llamaba, Abuelita?—le pregunté.

—Sí, hijito. Entra por la puerta de la cocina. Te tengo un mandado . . . y no me raspes el suelo con esos botes.

—Bueno, Abuelita.

—¡Pero apúrate! No andes ahi arrastrando los pies.

Fui corriendo como pude, con el triquitraque de mis patines. Fui por delante de la casa y subí dos piedras grandes que mis abuelitos usaban de escalones para el portal. Antes de entrar, me quité los botes.

La milpa de Abuelito Lolo donde abundaba el maíz cuando llovía mucho.

—Detén la puerta, hijito, o se va desbaratar. Y no dejes entrar las moscas—dijo Abuelita Lale.

Una vez en la cocina, vi a mi abuelita con la nariz empolvada de harina. Parecía una mota como la de un conejito con cola de algodón. Quise reírme pero me contuve. Ella estaba amasando para echar tortillas antes de que regresara mi abuelito de la milpa.

—¿Qué quería, Abuelita?—le pregunté.

—Mira, hijito. Ve al cuarto donde dormimos yo y tu abuelito. En un rincón está una petaquilla.

No acababa de soltar ella la última palabra cuando arranqué corriendo sin saber lo que quería. Me excité mucho ya que mi abuelita nunca dejaba que entraran sus nietos en su cuarto de dormir.

—¡Vuélvete! ¿A dónde vas como un relámpago?—exclamó un poco impaciente—. Abre la petaquilla. En el cajón de arriba, ahi está una bolsita de cuero de venado. Me la traes. Pero no la vayas a abrir. Aquí tienes las llaves—una es para la puerta del cuarto de dormir, y la otra para el candado de la petaquilla.

Salí de la cocina, pero esta vez con más precaución, tratando de no golpear la puerta. Abrí la puerta de la recámara, y luego entré de puntillas. El cuarto estaba bien oscuro. Abrí las cortinas que daban al oeste y alcé la celosía para que entrara más luz. Poco a poco, se alumbró el cuarto, y pude ver en lo semi-oscuro. Por unos breves momentos, me olvidé de la petaquilla y fui vigilando. En vez de abrir la petaquilla, miré por todos lados, y vi un santo de madera que estaba en un nicho con la cara contra la pared. Yo jamás había visto un santo puesto así.

Luego oí la voz de mi abuelita. Apenas se oía debido a lo grueso que eran las paredes de adobes.

—¿Qué no hallas la bolsita, hijito?

—Sí, ya voy. No podía ver. Está muy oscuro aquí dentro—le contesté.

Pronto cogí la llave del candado de la petaquilla, la abrí, y encontré la bolsita. Me la metí en los calzones pecheras y atranqué el candado y la puerta del cuarto. Di unos pasos largos por el portal y regresé a la cocina donde mi abuelita ya tenía una pila de tortillas calentitas.

—¿Es esto lo que quería, Abuelita?

—Sí, hijito. Dámela. Y dame las llaves—dijo mi abuelita—. Ahora puedes irte de nuevo a jugar.

Me quedé parado y un poco absorto, pensando en el santo que estaba de espaldas en el nicho.

—¿Quieres una tortilla mientras están calentitas?

—No, no tengo hambre.

—¿Entonces por qué estás ahi tieso como un palo?

—Abuelita—dije con una voz rasposa—, ¿por qué el santo en su recámara está volteado al revés?

—¡Ay, hijito!

—¿Y por qué es tan feo? Tiene la cara negra como el zoquete en el trochil de los marranos.

—¡Ay, niño! Las cosas que dices y preguntas tú. Apenas tienes seis años y tan preguntón. ¿Qué voy a hacer contigo?

—Sólo pregunto porque quiero saber.

—Pues, ese santo es mi santo consentido. Se llama Nuestro Señor de Esquípulas. Cuando deseo un favor, le rezo a él—explicó mi abuelita.

—Pero si es su santo con, con—

—Consentido—interrumpió Abuelita Lale—. Quiere decir mimado.

—Si es su santo *conseeentido*, ¿entonces por qué no lo tiene con los otros santos para que se le mire la cara?

—Ya sabrás cuando menos pienses—dijo mi abuelita—. Anda. Vete a jugar.

Pasaron unos días, pero yo seguía pensando en aquel santo misterioso. *Si es el santo consentido de mi abuelita, ¿por qué será que lo tiene con la cara contra la pared?* me preguntaba yo. Eso no tenía sentido. Yo quería preguntarle a mamá, pero no me atreví. Lo que vi en la recámara de mis abuelitos habría que guardarlo como un secreto.

Una mañana después del desayuno, mi mamá me pidió que atendiera a las gallinas. Con una pequeña olla de maíz molido en una mano y una cubeta de agua en la otra, me fui al gallinero cuando de repente oí la voz de mi abuelita. Esta vez venía del portal donde estaba ella disfrutando de una taza de café en la silla mecedora de Abuelito Lolo.

—¡Hijito!—gritó—. Cuando acabes tu negocio, pasa por aquí.

—Bueno. Ya voy—le dije yo—. Tengo que darles de comer a las gallinas y ponerles agua en las charolas.

Cuando acabé, fui a ver qué quería Abuelita Lale. Ya no estaba en el portal, así que toqué la puerta de la cocina y entré. Tuve cuidado de no golpear la puerta porque mi abuelita siempre se enojaba cuando yo la golpeaba.

—Aquí estoy—le dije con la voz temblándome.

Por un momento creí que me iba a regañar porque había dejado alzada la celosía del cuarto de dormir después que le llevé la bolsita de venado.

—Mira—dijo mi abuelita—. Ve pídele unos fósforos a tu mamá. Dile que no sé dónde puso tu abuelito la caja nueva.

Siendo que nuestra casita estaba al lado, no me tardé mucho en retornar. Volví con un puño de fósforos de palito y ya estaba para salir yo cuando me dijo mi abuelita, —No, no te me vayas. Quiero que me ayudes con algo. Vente conmigo.

Con los fósforos en una mano y las llaves en una cuerda de piel en la otra mano, ella caminó a su cuarto de dormir. Yo la seguí. Abrió la puerta y para ver mejor en la oscuridad, prendió un fósforo en una piedra que usaba de retenedor.

—Ven, toma esta llave y abre la petaquilla—dijo mi abuelita—. Levanta el cajón de arriba, y ahi abajo verás un parquete de velas. Unas son largas y blancas; las otras son chiquitas y gorditas. Son amarillas. Traeme una de las gorditas.

Abuelita Lale apenas alumbró la petaquilla porque el fósforo que había prendido estaba casi para apagarse y quemarle los dedos. Entretanto, yo estaba de rodillas, busca que busca las velas entre todo aquel cachivache. Sólo Dios sabe qué tendría guardado allí mi abuelita. Por fin encontré las velas.

—¿Las hallaste o no, hijito?

—Sí, aquí está el parquete.

—Pues, dame una de las velas chiquitas y gorditas.

Saqué una y se la di. Trató de encender la vela, pero la mecha estaba muy corta. Con un fósforo, le escarbó la cera alrededor de la mecha mientras yo le detenía un fósforo encendido para que pudiera ver ella. Una vez que prendió la vela y se iluminó el cuarto un poco, se acercó a donde estaba Nuestro Señor de Esquípulas. Se hincó y le rezó unas oraciones. Yo también me puse de rodillas, pero nomás escuché.

Lo que sí me llamó la atención más que nada esta vez fue que el santo ya no estaba con la cara contra la pared. ¡Ahora estaba con las patas arriba!* Me quedé todo perplejo y rascándome la cabeza.

Después que ella acabó de rezar e hizo la señal de la cruz, nos pusimos de pie y salimos de la recámara. Atrancó la puerta.

—¡Ahi está! ¡Qué hombrote eres! Dile a tu mamá que ya le devuelvo los fósforos cuando regrese tu papá grande. ¿Me escuchas o no?

---

*Esta expresión era común entre los residentes del valle del Río Puerco; no se consideraba irrespetuosa ni sacrílega.

—Sí, sí. Pero, pero—

—¿Pero, pero qué?—me remedó.

Sin esperar que dijera una sola palabra más, le respondí. —¿Pero por qué ahora tiene a su santo favorito con las patas arriba?

—¡Ay, hijito! ¿Cuántas veces te he dicho que no sea tan preguntón? Porque—

—¡Porque no quiero esperar hasta más tarde!—le interrumpí—. Quiero saber ahorita mismo.

—¡Válgame Dios! Ahora si que quedamos bien. De preguntón vamos a mandón. Escucha. Lo tengo así de cabeza porque ha sido malo. No ha cumplido con lo que le pedí.

Todo este palabreo me dejó todavía más confuso. *Pedido, cumplido—* palabras que yo todavía no llegaba a comprender. De todos modos, me atreví a expresar mi disgusto.

—Abuelita, yo no entiendo ni papa de lo que me acaba de decir. Favor de explicarme para que un niño de mi edad pueda entender. ¿Cómo es que un santo es malo si es criatura de Dios?

—¡Oh hijito mío! Yo no sé de dónde sacas todo esto. ¿Quién te enseña estas cosas? Mira, tú has visto el calor que ha hecho este verano, ¿no? Tú has visto cómo no ha llovido ni siquiera una sola gota, ¿no? Tú has escuchado las chicharras todo el verano entero, ¿no? Tú has—

—Sí, sí, Abuelita—le respondí, interrumpiendo todo aquel bombardeo de preguntas que me hacía como si fuera para callarme la boca.

—Por eso lo tengo de cabeza—dijo ella—. Es un castigo mío porque no ha cumplido con su deber.

—¿Y qué es un deber?

—¡Agua, agua, lluvia, lluvia!—contestó enfadada y sin explicar lo que quería decir la palabra.

Ahora ya estábamos en agosto, el mes que de costumbre traía sus buenos aguaceros. Hasta a Abuelito Lolo, hombre de mucha paciencia, empezaba a notársele una tristeza. Las arrugas de la cara, arrugas que reflejaban sus años tanto como los mismos tiempos secos, se le veían aún más.

Y las hierbas crecían y crecían con el calor bochornoso. Era lo único que abundaba, pero Abuelito Lolo seguía escardando. Estaba aferrado a que no se comieran las hierbas el maíz y el resto de la siembra. Mientras las hierbas crecían, la tierra misma se volvía terrones que parecían piedras que retoñaban con cada azote del cavador. Además de las hierbas, los gusanos complicaban la vida de mi abuelito. Esos gusanos feos de color gris saltaban de la tierra con cada golpe del cavador. Pero Abuelito Lolo valientemente luchaba contra los dos desagradables e implacables enemigos.

Lo que también le preocupaba a él eran sus animales: los caballos, las vacas, y las cabras. Hasta los mismos parches de pasto en el campo estaban tostados; parecían tortillas quemadas por aquí y por allá. El paisaje respiraba olas de calor, y la tierra escupía lumbre invisible.

Abuelita Lale también seguía preocupaba porque si no venía una buena lluvia pronto, no habría ni maíz, calabazas, sandías, melones, ni frijol que cosechar. Pero no había más remedio que rezar. Ni siquiera su santo favorito parecía compadecerse de las pobres y sedientas siembras, pero como costumbraba decir mi abuelita, "Cuando Dios no quiere, los santos no pueden."

Abuelito Lolo y Abuelita Lale seguían con la esperanza de que, tarde o temprano, vendría una buena lluvia. Abuelito Lolo tenía un dicho: "La esperanza es el pan del alma porque el pan se pone en toda aquella boca que tiene fe." Mi abuelito tenía fe. Mi abuelita tenía fe. ¿Y yo? Yo solamente pensaba en lo que era fe porque todavía no comprendía esas cosas de la gente mayor.

Llegó el día en que Abuelito Lolo ya no pudo luchar solo contra las malditas hierbas, de manera que nos convidó a mí y a mis primos que fuéramos a ayudarle. Mis primos vivían cerca del río, no muy lejos de la casa de mis abuelitos.

Al amanecer al día siguiente, la mañana estaba fresquecita. Después del desayuno, nos juntamos todos delante del portal de la casa de mis abuelitos. Cada uno de nosotros tenía su cavador.

—¿Ya tienen todos su cantina o botija de agua?—preguntó Abuelito Lolo—. Y que no se les olviden los sombreros. Se pueden asolearse si les pega mucho el sol en la güeja—añadió con una risita.

Las milpas no estaban lejos. Bajamos una cuestecita cerca de la era donde trillaba Abuelito Lolo el frijol. Él iba por delante con su cavador al hombro derecho. El resto de nosotros hicimos cola detrás de él como vacas que iban a un bebedero. No tardamos en llegar a las milpas, ansiosos de darles guerra a las malditas hierbas.

—Bueno—dijo Abuelito Lolo—, cada uno escoje una carrera de maíz y cuando terminen ésa, toman otra. Pero cuidado con las víboras, y si tienen que descansar, bien, pero no todos a la vez.

Con la excepción de un descansito aquí y otro allí, escardamos casi la mañana entera sin descansar. Como nadie usaba reloj—porque nadie tenía uno—no sabíamos la hora. Nos llevábamos por el puro sol.

Al pegar el sol de mediodía, Abuelita Lale apareció delante del portal y agitó una toalla blanca. ¡Era hora del almuerzo! Subimos cuesta arriba despacito, limpiándonos con las mangas las gotas de sudor de la frente.

Después del almuerzo, dormí la siesta debajo de mi cama. Para la tardecita, ya estábamos de vuelta en las milpas, escarda que escarda, sudando y sudando. Pero a las chicharras no parecía molestarles el calor; ellas estaban en su gloria con su zumbido agudo y ruidoso.

Pasándose un tanto el calor, Abuelita Lale apareció con un bote de veinte libras y un envoltorio en una toalla de los trastes. Desabrochó el envoltorio y extendió la toalla en la tierra debajo de un álamo grande. A través de los años, el árbol había crecido a un tamaño gigantezco en medio de la milpa. Era el lugar perfecto para una merienda. En el trapo de los trastes venían envueltos bizcochitos y empanaditas de calabaza. Abrió mi abuelita el bote y sacó tres frascos llenos de té de manzanilla de plantas que crecían en el campo.

—Vamos a tomar una merienda—dijo mi abuelita, y cada uno agarró un bizcochito o una empanadita.

Después de que comimos, Abuelita Lale se fue a casa, y nosotros nos tiramos en la tierra debajo del álamo a descansar. Cada uno de nosotros nos tapamos la cara con el sombrero y nos cruzamos las manos detrás de la cabeza. Las manos eran nuestras almohadas.

Antes de cubrirme la cara con mi saguaripa, miré hacia el cielo. De sorpresa, vi una víbora que venía bajando calladita por el árbol a donde estaba Abuelito Lolo. Primero me asusté con la víbora. Luego me dieron ansias, pero no quise espantarlo sino que me quedé viendo aquella víbora acafetada que se deslizaba con una facilidad increíble y elegante. Hasta ese momento, yo creía que las víboras solamente se arrastraban por la tierra.

De pronto, me sorprendió al ver a Nuestro Señor de Esquípulas. Estaba respaldado contra una horqueta del árbol con los ojos hacia el cielo. La víbora fue bajando poco a poco, cada vez más cerquita del santo. Al acercarse bien cerquita, se movió delicadamente a un lado del santo y prosiguió sin hacer ruido. Por un breve momento creí que la víbora tal vez moviera al santo y se cayera y le pegara a Abuelito Lolo en la cabeza. Cuando la víbora estaba casi para tocar la tierra, me di bastante valor y me paré. Fui calladito y le toqué un hombro a mi abuelito.

—¡Abuelito, Abuelito!—le dije en silencio, para no espantar a mis primos—. Ahi viene una víbora.

—¿Qué? ¿Qué?—dijo medio dormido.

—¡Una víbora! ¡Mire!—dije, mientras Abuelito Lolo le dio un vistazo a la víbora con cierto descuido.

—No te hace nada, hijito. Ésa es una ratonera—dijo, frotándose los ojos—. Deja que se vaya.

Entretanto, mis primos se habían quedado dormidos, así que ni se dieron cuenta de lo que estaba pasando.

—Bueno. ¡Arriba! A escardar. ¡Métanle!—gritó mi abuelito—. No se cansa uno sin trabajar.

Escardamos carrera tras carrera. Mata tras mata. Parecía que no dábamos de sí. Cuando ya llegó la tardecita y el sol empezó a desaparecer detrás de la Sierra de San Mateo, nos gritó Abuelito Lolo, —¡Ya es todo para hoy! Pongan los cavadores parados con el filo contra el árbol.

No acababa de escapársele la última palabra cuando arranqué. Corrí cuesta arriba a toda carrera a ver a Abuelita Lale. Casi sin resuello y sin tocar la puerta, entré en la cocina como un remolino. Abuelita Lale, que estaba haciendo de cenar, se quedó paralizada, con los ojos como dos tazas blancas.

—¿Qué diablos te pasa, hijito?

—¡A-A-Abuelita!—dije, apenas pudiendo decir la palabra—. ¡Su *santo*, su *santo!*

—¿Y qué?

—Por poco le pica una víbora.

—¡Que le pique! Se lo merece—dijo Abuelita Lale—. ¿Por qué no nos trae lluvia? ¿Qué no ve cómo se están secando las pobres milpas? Si no llueve poco pronto, ya se lo verá.

En eso, entró Abuelito Lolo en la cocina después que mis primos se habían ido a casa a cenar. Yo no los vería hasta mañana por la manana para acabar de escardar lo que faltaba.

Ni mi abuelita ni mi abuelito habían dicho lo que era una ratonera de manera que antes de irme a casa, yo simplemente tenía que saber.

—Abuelito, ¿qué es una ratonera?

—Ah, hijito, me alegro que preguntaras. Una ratonera es amiga del labrador. Es una serpiente que se come los ratoncitos que pueden destruir el maíz y el frijol. Además, no es ponzoñosa como una víbora de cascabel.

Antes, yo no sabía la diferencia entre una víbora y una culebra. Yo creía que todas las serpientes eran ponzoñosas. No sólo eso, me sorprendió saber que las serpientes son capaces de subir y andar en lugares altos como los árboles.

Al día siguiente, después del desayuno, nos juntamos todos otra vez tempranito delante del portal de mi abuelito. Bajamos a las milpas y escardamos un buen rato. Esta vez, se presentó Abuelita Lale a mediados de la mañana con café, té de hierbabuena, y unos pastelitos de calabaza.

Al terminar unos bocados, Abuelita Lale nos pidió a mí y a mis primos que nos pusiéramos en fila. Ella se puso al frente y nosotros íbamos detrás. Abuelito Lolo era el último. Ella se amarró bien la papalina, y con Nuestro Señora de Esquípulas junto al seno, nos llevó ella por la milpa como si fuéramos en una procesión religiosa.

Primero caminó por una carrera de maíz y luego por otra, rezando sus oraciones. Salvo uno de mis primos, los demás apenas sabíamos rezar, pero murmurábamos cualquier cosa para imitarla. De vez en cuando, se oía a Abuelito Lolo que decía, —Que mi Tatita Dios nos guarde este buen día.

Lo que vi después fue a Abuelita Lale que llevaba bien firme a Nuestro Señor de Esquípulas, de las manos y de los pies. Se paró ella por un momento y lo apuntó directamente a las plantas para que viera el santo mismo aquellas pobres siembras. Vi a Abuelita Lale que le corría el sudor de la cara del calorón que hacía.

Paró un breve momento, y de su delantal sacó su bolsita de cuero de venado que le había llevado yo de su recámara. Deshizo con mucho cuidado el nudo de correa con que estaba ceñida la bolsita y sacó un librito acafetado. Abuelita Lale hojeó unas cuantas páginas hasta llegar a la que quería. Suspiró. Todos la miramos. Hubo un silencio sepulcral. Hubo un momento de incertidumbre. Luego, en la voz más linda y preciosa que jamás había escuchado yo, se puso a cantar un alabado solemne y triste que nos dejó pasmados. Todavía recuerdo unos dos versos.

Todas las necesidades
que llegan con amargura
se marchan consoladas
por mi Señor de Esquípulas.

Échenos su bendición
con su sangre pura,
y le ruego de todo corazón
a usted mi Señor de Esquípulas

Acabando ella el alabado en medio de la milpa, su voz era como el canto de los pajaritos melódicos del desierto del norte de Nuevo México, y le escurrían las lágrimas por la cara. Mujer seria y fuerte, por fin había exhibido su ternura.

De repente, empezó a chispear. Con las manos en las caderas, Abuelita Lale se paró recta, mirando las nubes oscuras que empezaban a poblar el cielo. Mostrando una sonrisita, me hizo un guiño y luego nos gritó a todos.

—¡Vámonos! ¡Ya viene la lluvia! ¡Nos vamos a mojar!

Yo miré hacia el cielo y abrí la boca. Saqué la lengua para probar las primeras gotas de agua.

De un momento a otro, se rompieron las nubes, y se soltó un aguacero. Parecía que el cielo se nos venía encima. Le metimos chancla a la tierra cuesta arriba hasta llegar a la casa de mis abuelitos, pero sin querer llegamos hechos una sopa. Apenas llegamos al portal cuando empezaron los relámpagos, primero sobre la Mesa Prieta, luego por el Cerro Chivato. Tronaba el cielo, la ventana de la cocina hacía un estrépito, y la puerta de tela rechinaba. Hasta las tablas del portal se estremecían y temblaban, todo lo cual contribuía a aquel ruidazo. Era una escena espantosa, pero Abuelita Lale brillaba de alegría.

Abuelito Lolo se había quedado un poco atrás. Debido a los años que tenía y el reumatismo en las rodillas, le costaba trabajo andar rápido. Cuando llegó a casa, se sentó en el portal con los pies que casi tocaban la tierra. Movía las piernas para atrás y para adelante como un niño. Dando una mirada a las milpas, echó un largo suspiro, y volvió a repetir aquellas palabras suyas,
—Que mi Tatita Dios nos guarde este buen día.

La lluvia duró largo rato. Aunque apenas era mediodía, el cielo con sus nubes oscuras parecía una masa de pájaros negros. Se ponía cada vez más oscuro. Habiéndose pasado la tormenta, mis primos se fueron a casa. Yo me quedé, meciéndome en la mecedora de Abuelito Lolo, mientras él y Abuelita Lale hablaban de lo seco que había estado.

Ahora, gracias a Dios—y a Nuestro Señor de Esquípulas—ellos gozarían de una buena cosecha. Habría bastante maíz tanto para los animales como para el uso de la casa. Habría calabazas para empanaditas y pasteles. Habría alverjones para empacar. Habría frijol para trillar. Habría un poquito de todo para todos nosotros. ¡Habría comida para poner en la mesa!

Abuelita Lale, con Nuestro Señor de Esquípulas todavía en los brazos, ahora lo acariciaba como a un niño recién nacido. Estaba contenta de que su santo consentido por fin había contestado sus oraciones. Mientras yo me mecía en la silla de mi abuelito, me vio ella de reojo y sonrió una sonrisa que rara vez se veía en ella.

Ya por la tarde, se hizo oscuro, y las ranas empezaron con su croar en las milpas llenas de agua. Esta noche no me dejarían dormir. Pero me daba igual porque mañana no tendríamos que ir a batallar contra las hierbas y los gusanos. Y las matas de maíz estarían tan contento como Abuelita Lale y Abuelito Lolo.

—Ven, hijito. Vente conmigo antes de que te vayas a casa—dijo Abuelita—. Quiero que me ayudes. Toma, aquí tienes a Nuestro Señora de Esquípulas. Pero detenlo fijo para que no se te caiga.

Se dirigió a su recámara, abrió la puerta con la llave, y sacó un fósforo de su delantal. Dio unos dos pasos hacia adentro. Estaba bien oscuro, como siempre. Prendió dos velas altas y delgaditas—las blancas. Yo me quedé en la puerta.

—Traete el santo, hijito—dijo ella—. Ponlo en el nicho.

Puse a Nuestro Señor de Esquípulas con la cara al frente como todos los otros santos que tenía mi abuelita en su pequeño altar. Me miró, se volvió a sonreír, y me hizo un guiño. Ahora Abuelita Lale sabía que yo por fin comprendía por qué había castigado ella a Nuestro Señor de Esquípulas con las patas arriba. Luego colocó las dos velas, una en cada lado de su santo consentido. Oí que murmuró, —El perder uno la fe es mucho más fácil que hallarla de nuevo.

Gustoso Gustavo

Introduction: The Disobedient Son

As a young boy, I heard old-timers in my village of Ojo del Padre talk about the disobedient son, often referred to as *el mal hijo*, the bad son. Like most families in small villages throughout New Mexico and southern Colorado, my father and mother used to remind me and my siblings that children must be respectful of their parents.

Raising children by invoking the disobedient son and God's physical punishment (such as a shriveled-up arm) injected fear and scared the dickens out of any child, but it was also part of the culture. Warnings of disobedience applied more to sons than to daughters, although girls were by no means spared. An example is the Mexican classic "El Corrido de Rosita Alvírez," once popular in New Mexico, that relates the tale of a young woman's tragic death after she attended a dance against her mother's wishes.

Ballads and stories regarding the disobedient son in New Mexico and throughout the American Southwest were, until recent times, an integral part of folklore among Hispanics. Like many facets of our culture, however, the disobedient son is no longer popular and is all but forgotten.

If respect was at the forefront of family principles, then you did not easily forget your parents' warnings and the dire consequences that could occur should one disobey them. Seeing those consequences manifest, as I did when I was a boy, such as in a man named Chaveta who had no legs as punishment from God for striking his mother, can be shocking. The story you're about to read concerns Gustoso Gustavo, whose wayward and disobedient ways also got him into trouble.

Gustoso Gustavo

This is the story of Gustavo Gallegos. He was born in a little place called El Rincón del Cochino in the Río Puerco valley. Because he was the older of two sons, his mother treated him like a *consentido*, a spoiled child. His father, on the other hand, was more manly but philosophical in his treatment of Gustavo.

As he grew older, people nicknamed him Gustoso Gustavo (Joyful Gustavo), and for a good reason. Ever since he was a young boy, Gustavo

The deep waters of the Río Puerco, where Gustoso Gustavo died in a car wreck.

liked to have fun. He was a happy-go-lucky kid. He was also smart, and at school he always finished his classwork before anyone else. But with nothing to do while his classmates completed their assignments, he began getting into trouble. He soon turned into the class clown.

One of his favorite pranks was tying a mirror to his shoes to spy under girls' skirts; he also liked to chew gum and crack it in their ears. During recess, he played Peeping Tom whenever the girls used the *escusao*, the outhouse. The rest of the boys encouraged Gustavo's shenanigans; they were just as guilty as he was. Not a day went by without Gustavo getting into trouble. In due course, his classmates called him El Travieso, the Playful Child.

Eventually, the fun and games came to an abrupt end. The teacher had run out of patience, and Gustavo's school chums, who at first thought he was funny, had turned against him. They found his behavior a nuisance. And Gustavo also got tired of the teacher's punishment. The most embarrassing thing happened right before Good Friday; she sat him in a chair in front of the classroom and made him put on a rabbit headdress with large ears. The rest of the kids, mainly the girls, snickered and made faces at him. Not being able to react to them for fear of getting into even more trouble, he felt defenseless and humiliated.

Gustavo was so angry with his classmates and his teacher that he dropped out of school that spring before he finished the eighth grade. This was the highest level of education you could obtain in a rural one-room school. His mother was very upset. She wanted him to continue his education since she herself had never gone to school.

"*Hijo mío*, my son, what do you plan to do now?" she asked him. "You should go back to school. Besides, when your father gets home, he's probably going to have a fit. He may have a word or two of advice for you, so be prepared."

Gustavo ignored both his mother's and his father's pleas about staying in school but instead became a young cowboy far away from home in the San Mateo Mountains. But he soon got tired of herding cattle and branding young calves, so he quit his job.

He returned home, and his mother was overjoyed. But because he did not know what to do at home besides help his father with ranch chores, Gustavo's stay turned out to be brief. A couple of his older *cuates*, his buddies, Porfirio and Celso, got drafted into the U.S. Army. Gustavo was anxious to join them, even if he should have to lie about his age.

One evening, as his mother fixed supper, he burst in the kitchen and said to her, "*Amá*, I bet you can't guess what I'm going to do!"

"Don't tell me . . . you're going to get married!" she said jokingly, since she knew he didn't have a girlfriend.

"No," he replied. "I'm going to join the army. I want to be with Celso and Porfirio."

The news hit his mother in the face like a ball of *masa*, dough. She begged him not to join the military, especially since she had heard about a war going on, but once again, Gustavo ignored his mother. She was heartbroken, but when she broke the news to her husband, he thought joining the military was the manly thing to do.

Gustavo's father had heard reports of all the problems Gustavo had caused in school, and he firmly believed that the army might just pound some common sense into his son's mischievous and stubborn head. Gustavo didn't even have to lie about being underage. His father eagerly signed the necessary papers.

Gustavo ultimately was sent to Italy, along with Cel and Porfi, as their army buddies called them. There they fought in World War II. Unfortunately, Celso died in battle, and Porfirio was maimed and lost the use of his left arm. Gustavo luckily survived the ravages of war.

Once he was discharged from the army, Gustavo returned to El Rincón del Cochino, but he was back to his old tricks. While in the army, he lived up to his nickname Gustoso Gustavo. But because of his carefree and reckless ways after he came home, his grieving mother spent countless sleepless nights worrying about her son's escapades and whereabouts. Unhappy, frustrated, and disappointed she once muttered under her breath, "*El consejo de la madre vale poco si el hijo se porta como un loco.* A mother's advice is worth little if her son behaves like an madman."

Her words couldn't have been more prophetic. Little by little, Gustavo's life in his valley began to unravel. One bad experience led to another. The more his mother cautioned him about his wayward ways, the more he turned a deaf ear. He became increasingly rebellious, although he never physically attacked her. Perhaps in the back of his mind he recalled the story of the disobedient son who struck his mother and was swallowed up to his waist by Mother Earth as a punishment from God.

All the same, he hated ranch life and yearned for the city and all its perceived glamour. Though it contradicted his typical lifestyle, Gustavo had saved some money while in the army, and with some of that money, he bought from his former boss in the San Mateo Mountains a beautiful white horse that had beige spots on its face. His mount was really fast. Gustavo called him Flecha, which means Arrow.

Gustoso Gustavo disappeared soon after he purchased Flecha. He was home one day and gone the next. His mother worried to death not knowing where he went, but his father continued to be philosophical.

"He's just a young man who loves adventure," he told his wife.

Gustavo's mother of course couldn't help but think of her husband's happy-go-lucky days before they were married. She thought to herself, *De tal palo, tal astilla. Like father, like son.* Looking back, she realized she had saved her husband from a troublesome future. Would she be able to do the same for her son?

Word got back to Gustavo's parents that he was living with his paternal grandmother in Martineztown, an old neighborhood in Albuquerque. What they didn't know—and would not find out until later—is that on his way to the Plaza (as the old folks called Albuquerque), Gustavo was attacked by a mountain lion on Black Mesa while he rested under a pine tree. The details of the attack were hazy, but he apparently received only minor scratches on his right arm. The lion, on the other hand, was not so lucky. Gustavo shot him with the rifle that he carried with him at all times.

The encounter with the lion for whatever reason prompted him to sell Flecha. While in Albuquerque, Gustavo hopped on his horse and rode bareback from his grandma's house to the stockyards, where he sold Flecha for a nice profit. With the money he received from the sale and what little savings he had left from his army days, Gustavo bought a used car. It was a sporty black coup with white sidewalls and yellow-rimmed wheels.

Gustavo was happy as a lark. For him, the car was like a new toy that he could show off, very much in keeping with his personality. Gustavo, also being a real *faceto*, a show-off, decided to visit his parents in El Rincón del Cochino. His trip there was not so much to see them as to brag about his car. At that time, automobiles were rare in the Río Puerco valley. Many old-timers even thought that cars were *el diablo en ruedas*, the devil on wheels. And what about young people like Gustavo in the valley? For them, a car meant fun and speed, no doubt a step above the horse-drawn wagon, although Flecha surely could have outraced Gustavo's jalopy.

Sensing that Gustavo's visit was destined to be short, his poor mother asked him without mincing words, "*Hijo*, now that you have a car, what do you plan to do with your life? You just can't be wandering from here to there and everywhere. I worry about you."

"Oh, Amá, you don't have to worry about me. I carry Saint Christopher with me in the car. He'll watch over me," Gustavo responded a tad facetiously.

"But I do worry," she said. "After all, I'm your mother . . . and don't you forget it. By the way, do you plan to stay here or go back to Albuquerque?"

"That's what I came to tell you and Dad. I have a job at a scrap and metal salvage yard, so I plan to stay in Albuquerque."

"That's good!" his father responded. "I'm glad to hear you say that. Earn lots of money because that's what makes the world go round. Remember, money makes the lame walk and the mute talk," he added in a sarcastic tone of voice.

His father's words were music to Gustavo's ears, but they were not too pleasing to his mother, who had a different perspective on life. Other mothers who returned to visit the valley after they had moved away told her about all the trouble that young people got into in the city. She feared for her son's well-being.

During the week Gustavo worked hard at the salvage yard, but on weekends he messed around as though his time on Earth were short. He went to dances sponsored by the San Ignacio Church in Martineztown to mingle with other young people. But being that Gustavo was the antsy type, these gatherings soon became boring, and so he started going to bars and nightclubs instead.

The worst is that Gustavo began drinking heavily: first beer, then hard liquor, and sometimes he mixed the two. Drinking and driving did not go well together. At times he drove recklessly. Second and Fourth Streets, two of Albuquerque's main roads, were Gustavo's favorite speedways. He would also sometimes drive downtown on Central Avenue without total control of his faculties.

Luckily, Gustavo met a young girl named Sally at a tent dance in March during the San José fiestas in southeast Albuquerque. He was so thrilled and so ecstatic that the next time his folks came to Martineztown, he made sure they met her, even though this violated certain cultural traditions regarding the role parents played in boy meets girl. But this was the Big City, and things here were different from the time-honored customs in rural New Mexico.

Gustavo's mother was happy for her son and glad to meet Sally. She saw this relationship as a golden opportunity for Gustavo to shy away from his happy-go-lucky ways and perhaps settle down and get married. Nothing would please her more or bring her more peace of mind.

As for Gustavo's father, he was somewhat lackadaisical about Sally, maybe even a tad indifferent. Gustavo could sense, however, that when cultural traditions were at risk, his father was not a happy man.

After all was said and done, his parents' feelings turned out to be irrelevant. Sally's ex-boyfriend, Ernie, whom Gustavo knew nothing about, had reappeared on the scene. He wanted to renew his relationship with Sally, who now found herself in a predicament. To further complicate matters, Gustavo began to resent Sally for not telling him about Ernie. The triangle of love and discord became increasingly entangled and hostile, but in the end, Sally opted to go back to Ernie. This not only infuriated Gustavo, but it was also a crushing blow to his ego. Nothing of the sort had ever happened to Gustoso Gustavo before.

Rather than picking a fight with Ernie or trying to get even with Sally, Gustavo instead resorted to drinking. *La botella*, the bottle, became his faithful companion as well as his enemy. He renewed his partying and drinking ways on the weekends. Worse yet, he began taking small flasks of whiskey with him to work at the salvage yard, a dangerous undertaking when handling heavy pieces of iron.

One Monday morning, the happy-go-lucky Gustavo woke up depressed and mad at the world, so he decided not to go to work. Instead, he hopped in his car with no fixed destination in mind. Before he knew it, he was on his way home to El Rincón del Cochino to cry on his mother's shoulder. He zipped down the roads in his little jalopy as fast as it would go. Traveling on dirt roads once he left the paved highway made it seem like he was really going fast.

As Gustavo approached his parents' house, his mother heard a vehicle but didn't suspect that it was Gustavo. Thus, she hadn't given the roaring of the motor much thought. But suddenly, Gustavo rushed into the kitchen where his mother was fixing lunch.

"*Hijito*, what in the world's wrong with you?" she asked him immediately. His sudden entry had startled her. "Why are you crying? Look at your eyes! They look like Concord grapes ready to pop!"

Amidst sobs and tears, Gustavo proceeded to tell his mother about Sally and her ex-boyfriend. He rarely shared personal feelings with anyone, let alone with his mother. Perhaps his mother's concern and compassion were beginning to sink into his thick head.

"Surely she was only interested in your car and not you," she said rather cynically. "Let this be a lesson to you. *Abre los ojos; no te descuides.* Open your eyes; don't get careless. I've heard that city girls are like a *chispa*, a spark; once they set you on fire, they leave you to burn."

Her last word had barely spewed out of her mouth when Gustavo's father walked in.

"I saw the car and came to find out what's going on. You've been crying. I can tell because of your puffed eyes. *Los hombres no lloran.* Men don't cry," he said in his typical macho way.

Gustavo's stay at El Rincón del Cochino was short-lived. The next day, he got up early, ate breakfast with his parents, and returned to Albuquerque. Before Gustavo left, his mother asked him to kneel down on the kitchen floor. She made the sign of the cross on his forehead and uttered a brief prayer. She then leaned forward and whispered in his left ear, "Remember, my son. There are people who experience misfortune but continue to push their luck. *Abre los ojos, mijo*, open your eyes, my son. Don't be one of those unfortunate human beings."

His father stood by stoically. Gustavo was left to ponder what his father truly felt about his problems, or whether he even cared.

Once Gustavo was back in Albuquerque, his mother's words about misfortune disappeared into thin air. He went back to work, of course, but come Friday evening Gustavo had resumed his partying ways. It was not long before Friday nights extended to Saturday and sometimes even Sunday nights. The long weekends of meeting new girls and attending social gatherings with so-called friends became a way of life for Gustoso Gustavo. After months of weekend binges, there was no turning back, until one Saturday his life was really turned upside down.

Gustavo had gotten into a spat with a girl named Cornelia, whom he had dated shortly after Sally gave him the boot. Because of his drinking, his cursing, and his strange and erratic behavior—mostly when he got behind the wheel of his car—Cornelia finally told him to go take a dive in the ocean. She wasn't about to risk her life with him anymore. He was dangerous!

Gustavo, unable to bear a second rejection in less than a year in the Big City, climbed into his car, drunk as a skunk, and left La Paloma Bar on South Broadway Avenue. He headed north and turned east on Tijeras Avenue until he came to Edith Boulevard, where he turned left to go north. Bobbing and weaving, he was unable to keep his car on the road.

Gustavo's erratic driving episode couldn't have come at a worst time. The yearly San Ignacio fiestas were in full swing. It was Saturday, and even though it was past midnight, people were milling about in the streets and enjoying themselves when Gustavo failed to stop at the intersection on Mountain Road. He sideswiped and knocked down an elderly couple who was crossing the street. Pandemonium ensued.

An ambulance from nearby St. Joseph Hospital quickly came to the scene of the accident. The man, the principal victim of the impact, suffered a broken leg, but his wife, emotionally shaken, escaped with just minor scratches. Oblivious to the accident, Gustavo never even stopped. Instead, he proceeded home to his grandma's house. Two or three people witnessed the accident.

Sunday morning Mass was celebrated at San Ignacio Church. The word about two parishioners who were almost killed by a driving maniac quickly spread among churchgoers. Even the priest made an announcement about the accident. Gustavo's grandma became suspicious and fearful that Gustavo might be the culprit, but she said nothing either to him or to anybody else in the family.

Gustavo spent all day Sunday in bed, but he went to work Monday morning as he did routinely. When he came home that evening, his grandma informed him that the sheriff, according to her *comadre* next door, was looking for a black car involved in an accident the past Saturday. The details of the accident were sketchy, but it involved an elderly couple from the neighborhood. That much was clear. Since there were few cars in Martineztown, Gustavo became very panicky.

After supper, Gustavo got into his car without saying a word to his grandma, and left town. He thought to himself, *I've never seen the inside of a jail, and I'm not about to see one now.* His best escape was to El Rincón del Cochino with his parents. The idea of law officers coming after him at the ranch or the potential embarrassment to his folks did not even enter his mind.

On the way to the Río Puerco valley, Gustavo stopped at a small bar north of Bernalillo, where he consumed two or three Pabst Blue Ribbon beers. He made another stop at the Triangle Bar in San Ysidro, which was northwest of Bernalillo and a favorite drinking place of men from his valley. He mixed beer with double shots of whiskey. After he had been drinking for about two hours, it was getting dark. Gustavo wobbled out of the bar and headed for his car. When he left, he struck an adobe wall with his right front tire, but he managed to continue his journey home.

Gustavo was really drunk. For the moment, his problems were remote and were not registering in his brain. At the same time, something in his subconscious told him he shouldn't be driving, but it was just a fleeting thought. He had ignored his instincts under similar conditions in the past, so why worry now?

By the time Gustavo left the highway on the way to San Luis, the first of two villages before reaching his home, his eyesight had become increasingly blurry. He also could not keep his eyes open . . . or on the road. He simply was not in any condition to be driving, especially not on a dry, dirt road sprinkled with small rocks and pebbles that made the car bounce uncontrollably from one side of the road to the other. Some stretches of the road were also like a washboard, an added challenge—and danger—to Gustavo as he drove.

At one point, the road curved near the Río Puerco before reaching San Luis. Gustavo's car suddenly gained speed going downhill. In the blink of an eye, the right front tire, evidently low and going flat, pulled to his right, caught a cattle trail next to the road, and went airborne. The car landed at the bottom of the river.

Two or three days later, a cowboy from nearby San Luis who was looking for stray calves saw tire tracks. He approached one of two steep embankments and looked down. Lo and behold, he spotted a black car! The car had crash-landed on its side, the passenger side visible over the waterline. The cowboy immediately got down from his horse and gingerly walked down one of the embankments to examine the wreckage. He made sure not to slip and tumble into the deep waters of the Río Puerco. Since July was a rainy month, the Río Puerco was carrying quite a bit of water. The cowboy stood at the edge of the river and looked at the wreckage, but at first he saw no signs of life. Not far from the wreckage, he noticed an empty beer can. The cowboy had heard that often drunk drivers were able to survive accidents; he surmised that this driver, if intoxicated, had perhaps survived as well. The cowboy did not give up but decided to look and look some more.

The cowboy also saw all kinds of large and small tree branches where the water obviously had been dammed up near the wrecked car. He wanted to get a closer look at the car to see if he could find the driver, and so he waded into the deep water until he reached the neatly stacked and interwoven tree branches, which was clearly the artwork of beavers. The cowboy went around and behind the beaver dam where the water was even deeper, hiding the other side of the car. He held his breath, submerged his head, and looked. There, much to his amazement, was a man's head with bulging eyes protruding from the half-open window on the driver's side, where the car rested on some rocks at the bottom of the river. Possibly still conscious on impact, the man must have tried to escape but without success. Clutched in his right hand was his Saint Christopher's medal.

The cowboy hopped on his horse and wasted little time in hightailing it back to his village to announce his discovery. He headed straight to Mr. Lovato's general store to inform the owner so he could spread the word to people who came into his store. Out in front, two horses were tied to a fence post, and a state police officer and another man wearing a badge were inside. The sheriff in Albuquerque had tipped off the state police that Gustavo was possibly the driver who nearly killed the elderly couple in Martineztown. The state police officer was on his way to El Rincón del Cochino to interrogate him.

After hearing about the cowboy's discovery in the running waters of the Río Puerco, the two men visited the wreckage and confirmed that the body was indeed that of Gustavo Gallegos. They took off for El Rincón del Cochino to inform the parents of their son's death.

The first person to see the two strangers as one of them dismounted and opened the gate to the Gallegos property was Gustavo's father himself. Thoughts of his son immediately came to mind. For the first time, Gustavo's father braced himself, expecting the worst possible news, as he knew of his son's footloose and fancy-free life in Albuquerque.

"Are you Mr. Vicente Gallegos?" the state police officer asked in a serious and authoritative tone of voice.

"Yes, I am," Gustavo's father responded curtly.

"Well, we have some bad news for you. Your son Gustavo is dead!" the state police officer informed him in a calculated and callous sort of way.

At first don Vicente showed little emotion. He stood erect like a proud father. *No hay árbol que no tenga un brazo torcido. Not a son is born who is not bound to go awry,* he thought in silence as the state police officer's coldhearted words slowly sank in and pierced his soul. For once in his life, don Vicente felt an emptiness in his heart.

After the state police officer and his companion departed, don Vicente walked into the house. Before he could say anything, his wife inquired about the two men.

"Who were those men? What were they doing here?" she asked sharply.

A stoned-face don Vicente answered his wife, Lupita, in philosophical fashion, "*De la muerte y de la suerte, no hay nadie que se escape.* No one escapes fate or death."

"What, what?" his wife snapped. "What are you saying?"

"Gustavo is dead! A cowboy found him in the Río Puerco on the other side of San Luis. That's all these men told me."

Doña Lupita's face first turned glum then flushed with sadness as she stared fixedly at the kitchen's dirt floor. She knotted a corner of her apron and wiped the tears from her welled-up eyes. "Death has finally removed the evil from my poor son who never listened to his mother's advice or warnings. May God find a place for him in the kingdom of Heaven," she said to herself.

Scarcely twenty-five years old, Gustoso Gustavo was laid to rest in the valley he scorned later in life. His father, the consummate philosopher, gently tossed a fistful of dirt into his son's grave as he said good-bye and uttered softly the following words: "*Lo que uno siembre, recogerá.* You reap what you sow."

Gustoso Gustavo

Éste es el cuento acerca de Gustavo Gallegos. Nació en un lugarcito llamado El Rincón del Cochino en el valle del Río Puerco. Ya que él era el mayor de dos hijos, su madre lo tenía muy consentido. Su padre, por su parte, era más macho pero filosófico en su trato de Gustavo.

Según fue creciendo, la gente le puso el apodo de Gustoso Gustavo, y con razón. Desde que era jovencito, le gustaba divertirse. Era un niño gustoso. Él era también inteligente, y en la escuela siempre acababa sus tareas antes que todos los demás alumnos. Pero sin tener nada que hacer mientras que sus compañeros de clase terminaban su trabajo, comenzó a meterse en líos. Pronto se convirtió en el payaso de la clase.

Una de sus travesuras favoritas era atarse un espejo en los zapatos para mirar debajo de las faldas de las chicas; también le gustaba hacerles ruido en los oídos mascando chicle. Durante el recreo, se convertía en mirón cuando las muchachas usaban el escusao. El resto de los chicos lo animaban; ellos era tan culpables como él. No pasaba un día sin que Gustavo no se metiera en aprietos. Con el tiempo, sus compañeros de clase le dieron el apodo El Travieso.

Tarde o temprano la diversión y los juegos terminaron muy de repente. A la maestra se le agotó la paciencia, y los compañeros de Gustavo, los cuales al principio creían que era chistoso, rebelaron contra él. Les molestaba su comportamiento. Y Gustavo también se cansó del castigo de la maestra. Lo más vergonzoso ocurrió un poco antes del Viernes Santo; ella lo sentó en una silla delante de la clase e hizo que se pusiera un traje de conejo con unas orejas grandotas. El resto de los chicos, mayormente las chicas, se reían a escondidas y le hacían muecas. Sin poder reaccionar contra ellas, con el temor de meterse todavía en más apuros, se sentía incapaz de defenderse y humillado.

Gustavo se enfadó tanto con todos sus compañeros de clase y con su maestra que dejó la escuela en la primavera antes de terminar el libro ocho. Éste era el nivel más avanzado en una escuela rural de un edificio. Su madre estaba muy disgustada. Quería que él continuara sus estudios porque ella nunca había asistido a la escuela.

—Hijo mío, ¿que piensas hacer ahora?—le preguntó—. Deberías de volver a la escuela. Además, cuando tu padre regrese a casa, seguramente que se va a poner bravo. A lo mejor tenga algo que decirte, así que prepárate.

Gustavo no prestó atención ni a su madre ni a su padre tocante a sus estudios sino que se dedicó a vaquero lejos de casa en la Sierra de San Mateo. Pero no tardó en cansarse de cuidar vacas y marcar becerros, de manera que dejó su trabajo.

El carrito deportivo que causó la muerte de Gustoso Gustavo, el hijo desobediente.

Volvió a casa, y su madre estaba contentísima. Pero en vista de que Gustavo no sabía qué hacer en casa a parte de ayudar a su padre con sus quehaceres, se quedó poco tiempo. Dos cuates mayores, Porfirio y Celso, fueron reclutados para el Ejército de los Estados Unidos. Gustavo tenía ganas de acompañarlos, aunque tuviera que mentir de su edad.

Una tarde, mientras su madre preparaba la cena, entró corriendo él en la cocina y le dijo, —Amá, ¡a qué no adivinas qué voy a hacer!

—¡No me digas que . . . te vas a casar!—dijo ella de una manera chistosa, ya que sabía que él no tenía novia.

—No—le contestó él—. Me voy al ejército. Quiero estar con Celso y Porfirio.

Las noticias le pegaron a su madre en la cara como una bola de masa. Le rogó que no se fuera al ejército, especialmente ya que había oído de la guerra, pero una vez más, Gustavo no le hizo caso a su madre. Ella sintió mucho aquello, pero cuando le dio las noticias a su marido, a él le pareció muy macho la idea de irse al ejército.

El padre de Gustavo había oído reportajes de todos los problemas que Gustavo había causado en la escuela, y creía más que nada que el ejército a lo mejor fuera lo mejor para su hijo travieso y testarudo. Gustavo ni siquiera tuvo que mentir de ser menor de edad. Su padre con mucho gusto firmó los documentos necesarios.

Tarde o temprano enviaron a Gustavo a Italia, junto con Cel y Porfi, nombres íntimos de sus cuates. Allí pelearon en la Segunda Guerra Mundial. Desafortunadamente, Celso murió en la guerra, y Porfirio quedó tullido y perdió el uso de su brazo izquierdo. Gustavo tuvo la buena suerte de sobrevivir los estragos de la guerra.

Una vez que dejó el ejército, Gustavo regresó al Rincón del Cochino, pero empezó de nuevo con sus travesuras. En el ejército, cumplió con su apodo de Gustoso Gustavo. Pero debido a su estilo de vida libre y sus descuidos después de estar de vuelta a casa, su pobre madre se pasó un sinfín de noches desvelada, preocupada por las aventuras indiscretas de su hijo y sin saber dónde estaba. Triste, frustrada, y disgustada murmuró una vez en silencio, —*El consejo de la madre vale poco si el hijo se porta como un loco.*

Sus palabras no podrían haber sido más proféticas. Poco a poco, la vida de Gustavo en su valle empezó a deshacerse. Una mala experiencia dio en otra. Cuanto más le advertía su madre de sus modos desobedientes, tanto más se hacía el sordo. Se volvió cada vez más rebelde, aunque nunca la atacó físicamente. Tal vez él recordaba la historia del hijo desobediente que le pegó a su madre y luego se lo tragó La Tierra hasta la cintura como castigo de Dios.

De todas formas, odiaba la vida del rancho y ansiaba por la ciudad y todo su esplendor. Aunque iba contra su estilo de vida, Gustavo había ahorrado un poco de dinero mientras estuvo en el ejército, y con parte de ese dinero, le compró a su patrón en la Sierra de San Mateo un bonito caballo blanco con manchas de color beige en la cara. Su montura era muy ligera. Le nombró Flecha.

Gustoso Gustavo desapareció poco después de haberse comprado a Flecha. Vino a casa un día y ya para otro se había marchado. Su madre se moría de congoja sin saber a dónde se había ido, pero su padre seguía siendo el filósofo.

—No es nada más que un joven que goza de nuevas aventuras—le dijo a su esposa.

La madre de Gustavo, por supuesto que no dejaba de pensar en los buenos y descuidados tiempos de su esposo antes de casarse ellos. Ella pensaba en silencio, *De tal palo, tal astilla.* Al reflexionar, ella había rescatado a su esposo de un futuro dificultoso. ¿Sería ella capaz de hacer algo parecido para con su hijo?

Se enteraron los padres de Gustavo que él estaba viviendo con su abuela paternal en Martíneztown, un barrio antiguo de Alburquerque. Lo que no sabían ellos—y no lo sabrían hasta más tarde—es que camino a la Plaza (como llamaban los ancianos a Alburquerque), un león atacó a Gustavo en la Mesa Prieta mientras descansaba bajo un pinabete. Eran pocos los detalles del ataque, pero se supone que apenas sufrió unas heridas superficiales en el brazo derecho. El león, desafortunadamente, no tuvo tan buena suerte. Gustavo lo mató con el rifle que siempre estaba a su lado.

El encuentro con el léon por alguna razón u otra le animó a que vendiera a Flecha. Mientras estaba en Alburquerque, Gustavo se montó a pelo en su caballo y caminó desde la casa de su abuelita hasta el corral de ganado, donde él vendió a Flecha por una buena ganancia. Con el dinero que recibió y lo poco que tenía de sus días en el ejército, Gustavo se compró un carro viejo. Era un carrito negro deportivo de dos puertas con llantas blancas y ruedas amarillas.

Gustavo estaba más contento que las Pascuas. Para él, el carro era como un juguete nuevo del que podía jactarse, lo cual concordaba bien con su personalidad. Gustavo, también ya que era un verdadero faceto, decidió visitar a sus padres en El Rincón del Cochino. Su visita no fue tanto para verlos sino para jactarse de su carro. En aquel entonces, se veían muy pocos automóviles en el valle del Río Puerco. Muchos ancianos hasta creían que los carros eran el diablo en ruedas. ¿Y qué se podía decir de los jóvenes como Gustavo, del valle? Para ellos, un carro significaba alegría y velocidad, sin duda un paso más allá del carro de caballos, aunque Flecha seguramente hubiera podido ganar una carrera contra el cacharro de Gustavo.

Sospechando que la visita de Gustavo sería corta, su pobre madre le preguntó sin pelos en la lengua, —Hijo, ahora que tienes carro, ¿qué piensas hacer con tu vida? No puedes solamente andar por aquí y por allá. Yo me apeno mucho de ti.

—Oh, amá, no tienes que preocuparte de mí. Yo traigo a San Cristóbal conmigo en el carro. Él me cuida—respondió Gustavo con un poco de ironía.

—Pero sí me apeno—dijo ella—. A pesar de todo, soy tu madre . . . y que no se te olvide. A propósito, ¿piensas quedarte aquí o volver a Alburquerque?

—Eso es lo que vine a decirles a ti y a Papá. Tengo un empleo con una compañía de metales viejos, así que pienso quedarme en Alburquerque.

—¡Qué bueno!—respondió su padre—. Me alegra oírte decir eso. Gánate mucho dinero porque es lo que cuenta en este mundo. Acuérdate que el dinero hace al cojo andar y al mudo hablar—añadió en un tono sarcástico.

Las palabras de su padre le cayeron a mil maravillas, pero no fueron muy agradables para su madre, la que tenía otra perspectiva tocante a la vida. Otras madres que volvían de visita al valle del Río Puerco después de haber estado fuera del valle, le habían contado a ella de los apuros en que se metían los jóvenes de la ciudad. Se preocupaba por el bien estar de su hijo.

Durante la semana Gustavo trabajaba duro en la compañía de metales, mientras que los fines de semana malgastaba su tiempo como si le quedaran pocos días de vida. Iba a bailes promovidos por la iglesia de San Ignacio en Martíneztown para juntarse con otros jóvenes. Pero siendo que Gustavo era un tipo con hormigas en los pantalones, estas reuniones pronto le aburrieron, y así que comenzó a visitar los bares y clubes nocturnos.

Lo peor es que Gustavo empezó a tomar demasiado: primero cerveza, luego bebidas alcohólicas, y a veces hasta mezclaba una con la otra. Manejando su carro y empinándose el codo no era una buena idea. A veces manejaba como un loco. La Calle Segunda y la Calle Cuarta, dos avenidas principales de Alburquerque, eran unas autopistas favoritas de Gustavo. A veces él también se iba al centro por la Avenida Central sin estar totalmente en control de sus facultades.

De buena suerte que Gustavo conoció a una chica que se llamaba Sally en un baile de carpa en marzo durante las fiestas de San José en el sureste de Alburquerque. Estaba por las nubes y tan extremadamente emocionado que la próxima vez que vinieron sus padres a Martíneztown, se prometió presentársela a pesar de que esto no cumplía con ciertas tradiciones culturales del noviazgo. Pero ésta era la Ciudad Grande, y las cosas eran diferentes aquí no como las costumbres rurales de Nuevo México.

La madre de Gustavo se alegró de ver a su hijo contento y le dio gusto de conocer a Sally. Ella vio esta relación como una buena oportunidad para que Gustavo rechazara sus modos gustosos y quizás hasta se casara. Nada le agradaría más a ella para calmarle mejor su espíritu.

En cuanto al padre, él estaba un tanto apatético, hasta un poco descuidado, tocante a Sally. Sin embargo, Gustavo se daba cuenta de que cuando las tradiciones culturales se veían en peligro, su padre no estaba contento.

A fin de cuentas, las emociones de sus padres tuvieron poca importancia. El ex-novio de Sally, Ernie, de quien Gustavo no sabía nada, había aparecido de nuevo. Él quería reestablecer sus relaciones con Sally, quien ahora se encontraba entre la espada y la pared. Para complicar el asunto aún más, Gustavo se quedó ofendido por no haberle dicho nada Sally tocante a Ernie. El triángulo de amor y discordia se complicó y se puso cada vez más feo, pero al fin y al cabo, Sally decidió irse con Ernie. Esto no sólo le dio rabia a Gustavo, sino que fue un golpe fuerte a su ego. Cosa parecida jamás le había pasado a Gustoso Gustavo antes.

En vez de buscar una pelea con Ernie, o tratar de desquitarse con Sally, Gustavo empezó a tomar de nuevo. La botella se convirtió tanto en su fiel compañero como también en su enemigo. Renovó sus modos festivos y de consumo de licor durante los fines de semana. Lo peor fue que él comenzó a llevar sus botellitas de aguardiente al trabajo, algo peligroso al levantar piezas pesadas de hierro.

Un lunes por la mañana, Gustoso Gustavo amaneció deprimido y enfadado contra el mundo, de manera que decidió no ir a trabajar sino que se subió en su carro sin tener la menor idea a dónde iba. Cuando menos pensó, ya iba a El Rincón del Cochino a que lo consolara su madre. Iba como una bala en su cacharro. Viajando en caminos de tierra una vez que ya había dejado la carretera parecía que iba a una velocidad rapidísima.

Al acercarse Gustavo a la casa de sus padres, su madre oyó un vehículo pero no sospechó que fuera Gustavo. Así que no le dio mucha importancia al ruido del motor. Pero de pronto, entró Gustavo como un cohete en la cocina donde estaba su madre preparando almuerzo.

—Hijito, ¿qué diablos te pasa?—le preguntó ella en seguida al asustarse con la entrada repentina de su hijo—. ¿Por qué lloras? ¡Mírate los ojos! Parecen unas uvas que están para reventarse.

Entre sollozos y lágrimas, Gustavo le contó a su madre lo de Sally y su ex-novio. Casi nunca compartía él sentimientos personales con nadie, ni siquiera con su madre. Quizás la preocupación y compasión de su madre empezaban a penetrar su cabeza de piedra.

—Seguramente que sólo estaba interesada en tu carro y no en ti—dijo ella con un poco de ironía—. Que te sirva esto de escarmiento. Abre los ojos; no te descuides. He oído decir que las muchachas de la ciudad son como una chispa; una vez que te prenden fuego, dejan que te quemes.

Apenas acababa de escapársele de la boca la última palabra cuando entró el papá de Gustavo.

—Vi el carro y vine a ver qué pasa. Has estado llorando. Se nota porque tienes los ojos hinchados. Los hombres no lloran—dijo con su típico machismo.

La visita de Gustavo en El Rincón del Cochino duró poco. Al día siguiente, se levantó temprano, desayunó con sus padres, y regresó a Alburquerque. Antes de que Gustavo se marchara, su madre le pidió que se hincara en la cocina. Le hizo la señal de la cruz en la frente y recitó un breve rezo. Luego se acercó y le murmuró en el oído izquierdo, —Acuérdate, mijo. Hay gente que sufre desgracias pero sigue tentando la suerte. Abre los ojos, mijo. No seas uno de esos pobres desgraciados.

Su padre se quedó sin expresar emoción. Gustavo se preguntaba que si qué era lo que su padre realmente sentía de sus problemas, o a lo mejor no le importaban un pito.

Una vez que Gustavo se encontraba ya de vuelta en Alburquerque, las palabras de su madre con respeto a desgracias desaparecieron como el humo. Claro que Gustavo regresó a su trabajo, pero ya para el viernes por la tarde continuó sus festejos de siempre. No tardó mucho en que sus buenos ratos incluyeran los sábados y hasta los domingos por la noche. Los largos fines de semana conociendo a otras muchachas y festejando con amigos llegó a ser un estilo de vida normal para Gustoso Gustavo. Tras meses de borracheras los fines de semana, no había más remedio que seguir adelante, hasta que vino un sábado cuando su mundo se le volteó al revés.

Gustavo se había reñido con una chica que se llamaba Cornelia, con quien había salido poco después que Sally lo puso de patitas en la calle.

Gracias a sus borracheras, su mala lengua, y su comportamiento abnormal e irregular—casi siempre cuando manejaba su carro—Cornelia por fin le dijo que se fuera a otro mundo. Ya estaba cansada de arriesgar su vida con él. ¡Él era peligroso!

Gustavo, incapaz de sufrir un segundo rechazo en menos de un año en la Ciudad Grande, se subió en su carro, más borracho que una cuba, y se marchó de La Paloma Bar en el Sur de la Avenida Broadway. Se fue hacia el norte y dobló al este en la Avenida Tijeras hasta que llegó a Edith Boulevard, donde dobló a la izquierda hacia el norte. Moviéndose de un lado de la calle al otro, no podía mantener el carro en el camino.

La locura de Gustavo ocurrió en el peor momento que uno se puede imaginar. Las fiestas anuales de San Ignacio estaban en pleno apogeo. Era sábado, y aunque ya pasaba de la medianoche, mucha gente caminaba por las calles, divirtiéndose cuando Gustavo dejó de parar en el cruce de Mountain Road. Chocó de refilón contra una pareja anciana que iba cruzando la calle y la tumbó. Se armó un bullicio.

Una ambulancia del Hospital St. Joseph que estaba cerca, llegó en seguida al lugar del accidente. El hombre, la víctima principal del golpe, sufrió una pierna rota, pero su esposa, sacudida emocionalmente, recibió apenas unos rasguños. Sin darse cuenta del accidente, Gustavo no se paró sino que se fue derecho a casa de su abuelita. Dos o tres personas vieron el accidente.

El domingo por la mañana se celebró misa en la Iglesia de San Ignacio. Pronto se supo entre los feligreses de los dos compañeros que por poco los mata un loco con su carro. Hasta el mismo cura anunció el accidente. La abuelita de Gustavo sospechó de que a lo mejor Gustavo fuera el culpable, pero no le dijo nada a él ni a nadie de la familia.

Gustavo se pasó el domingo entero en cama, pero fue a trabajar el lunes por la mañana como de rutina. Cuando vino a casa esa tarde, su abuelita le informó, según su comadre que vivía al lado, que el aguacil mayor andaba buscando un carro negro que tuvo un accidente el sábado pasado. Los detalles del accidente eran pocos, pero se trataba de un matrimonio viejo del barrio. Eso estaba bien claro. Como había pocos carros en Martíneztown, a Gustavo le entró un pánico enorme.

Después de cenar, Gustavo se subió en el carro sin decirle una palabra a su abuelita, y se marchó de la ciudad. Se decía a sí mismo, *Yo nunca he estado en la cárcel, y no estoy para ver una ahora*. Su mejor escape era El Rincón del Cochino con sus padres. La idea de que la policía fuera a buscarlo en el rancho o la vergüenza que le podía causar a sus padres ni se le ocurrió.

Yendo al valle del Río Puerco, Gustavo paró en un bar al norte de Bernalillo, donde se tomó dos o tres cervezas Pabst Blue Ribbon. Hizo otra parada en el Triangle Bar en San Ysidro, al noroeste de Bernalillo, un sitio favorito de los hombres de su valle. Mezcló cerveza con tragos dobles de aguardiente. Después de haber estado bebiendo unas dos horas, ya se estaba haciendo oscuro. Gustavo salió del bar tambaleando y se dirigió a su carro. Al marcharse, le dio un golpe a una pared de adobe con la llanta del lado derecho, pero él pudo continuar a casa.

Gustavo iba bien borracho. Por el momento, sus problemas estaban en otro mundo sin registrársele en el cerebro. Al mismo tiempo, algo en su subconsciente le decía que no debería manejar, pero no fue nada más que un pensamiento que le vino a la cabeza y ya estuvo. Bajo condiciones parecidas en el pasado, él había ignorado sus impulsos, ¿así que por qué preocuparse ahora?

Ya para cuando Gustavo dejó la carretera yendo a San Luis, la primera de dos placitas antes de llegar a su casa, su vista se volvía cada vez más borrosa. Tampoco podía mantener los ojos abiertos . . . o en el camino. La verdad es que no estaba en condiciones para andar manejando, sobre todo en un camino de tierra salpicado de pequeñas rocas y piedritas que hacían que el carro saltara incontroladamente de un lado del camino al otro. También había estrechos del camino que eran como un lavador, otro desafío—y peligro—para Gustavo según iba conduciendo él.

A cierto punto, el camino hacía una curva cerca del Río Puerco antes de llegar a San Luis. El carro de Gustavo de buenas a primeras se vio cuesta abajo cada vez más rápido. En un decir amén, la llanta del lado derecho, aparentemente desinflada y perdiendo aire, jaló hacia la derecha, le pegó a una vereda de ganado cerca del camino, y saltó por el aire. El carro fue a dar al plan del río.

Dos o tres días más tarde, un vaquero de San Luis que andaba en busca de becerros perdidos vio las huellas de las llantas. Se acercó a uno de dos barrancos y miró hacia abajo. ¡Y allí, vio él un carro negro! El carro había hecho un aterrizaje fuerte y había caído de un lado, el lado pasajero que era visible sobre la línea de flotación. El vaquero pronto se desmontó de su caballo y caminó despacito por uno de los barrancos para examinar los restos del carro. Tuvo mucho cuidado de no resbalarse y caer en las aguas profundas del Río Puerco. Como julio era un mes lluvioso, el Río Puerco llevaba mucha agua. El vaquero se paró a la orilla del río y dio un vistazo a los restos del carro, pero a primera vista no vio señales de vida. No muy lejos de los restos del carro, vio un bote vacío de cerveza. El vaquero había oído decir que muchas veces hombres que manejan borrachos eran capaces de sobrevivir accidentes; se dio por entender que si este chófer andaba borracho, tal vez también había sobrevivido. El vaquero no se dio por vencido sino que decidió buscar más y más.

El vaquero también vio todo tipo de ramas de árboles, tanto grandes como chiquitas, donde se notaba que el agua había sido represada cerca de los restos del carro. Él quería ver más de cerca en el carro para ver si podía encontrar al chófer, de manera que se metió en el agua hasta que llegó a donde estaban las ramas amontonadas y entretejidas, lo cual era claramente el trabajo de castores. El vaquero dio la vuelta y caminó por detrás de la represa donde el agua estaba todavía más honda, ocultando el otro lado del carro. Detuvo el resuello, zambulló la cabeza, y miró. Allí, vio de sorpresa la cabeza de un hombre con los ojos que saltaban por la ventana medio abierta al lado del chófer, donde el carro había caído sobre unas rocas en el plan del río. Posiblemente todavía consciente al dar el golpe, el hombre quizás trató de escaparse pero no pudo. En la mano derecha tenía su medalla de San Cristóbal.

El vaquero se montó en su caballo y perdió poco tiempo en salir a todo galope para su placita a avisar lo que había hallado. Se fue directamente a la tienda del señor Lovato a informarle para que él le avisara a la gente que entrara en su tienda. Allí delante estaban dos caballos atados a un poste, y dentro estaban un policía estatal y otro hombre que llevaba una insignia. El alguacil mayor en Alburquerque le había dado información sobre Gustavo al policía, sugiriéndole que a lo mejor fuera Gustavo quien por poco mata al matrimonio anciano en Martíneztown. El policía estaba con destino a El Rincón del Cochino para interrogarlo.

Una vez que escucharon al vaquero de su descubrimiento en las aguas fuertes del Río Puerco, los dos hombres visitaron los restos del carro y confirmaron que el cuerpo de veras era el de Gustavo Gallegos. Se marcharon a El Rincón del Cochino para avisarles a los padres de la muerte de su hijo.

La primera persona que vio a los dos extranjeros al bajarse uno de ellos de su caballo para abrir la puerta de la propiedad de los Gallegos, fue el padre mismo de Gustavo. En seguida pensó en su hijo. Por primera vez, el padre de Gustavo anticipó lo peor, siendo que ya sabía de la vida libre de su hijo en Alburquerque.

—¿Es usted el Señor Vicente Gallegos?—preguntó el policía en un tono serio y autoritario.

—Sí, soy—respondió el padre de Gustavo bruscamente.

—Pues, le tenemos malas noticias. ¡Su hijo está muerto!—le informó el policía de una manera fría y calculada.

A primera vista, don Vicente demonstró poca emoción. Se quedó parado derecho como un padre orgulloso. *No hay árbol que no tenga un brazo torcido*, pensó en silencio mientras que se fue dando cuenta de la importancia de las palabras frías de corazón del policía que poco a poco le penetraron el alma. Por primera vez en su vida, sintió don Vicente un hueco en el corazón.

Después que el policía y su compañero se marcharon, don Vicente entró en su casa. Antes que pudiera decir algo, su esposa quería saber de los hombres.

—¿Quiénes eran esos hombres? ¿Qué hacían por acá?—preguntó ella bruscamente.

Don Vincente con cara de piedra le contestó a su esposa, Lupita, de una forma filosófica, —De la muerte y de la suerte, no hay nadie que se escape.

—¿Qué, qué?—dijo su esposa con cierta brusquedad—. ¿Qué dices?

—¡Gustavo está muerto! Un vaquero lo halló en el Río Puerco al otro lado de San Luis. Es todo lo que me dijeron estos hombres.

La cara de doña Lupita primero se puso silencia y luego se llenó de tristeza mientras miraba el suelo de tierra de la cocina sin parpadear los ojos. Hizo un nudo con una orilla del delantal y se limpió las lágrimas. —La muerte por fin ha quitado el mal de mi pobre hijo que nunca prestó atención a los consejos o advertencias de su madre. Que Dios guarde un lugar para él en el reino del Cielo—dijo para sí.

Gustoso Gustavo apenas tenía veinte y cinco años de edad. Él fue sepultado en el valle que vino a despreciar a fines de su vida. Su padre, el filósofo por excelencia, echó un puño de tierra en la sepultura de su hijo al despedirse de él con estas palabras: —Lo que uno siembre, recogerá.

Rooster Racing

Introduction: Rooster Racing

La *corrida del gallo* (rooster racing) is embedded in the history of northern New Mexico; the tradition even goes back to the Middle Ages in Spain. Even nowadays, *correr los gallos* (running the roosters), as it is called in Villanueva de la Serena, Extremadura, in west-central Spain, takes place annually on February 2. This yearly festival is known as La Candelaria or Las Candelas.

In the original correr los gallos, fourteen- to fifteen-year-old boys would buy a rooster in the weeks before February 2 and parade it through the village streets, hoping to encounter other boys with whom to do battle with the rooster. A rope was then strung across a street from window to window, with the rooster hanging by its legs halfway between windows. Wearing white shirts and red kerchiefs around their necks, the boys were given a wooden sword with which to strike the rooster. They lined up in columns, and each one took a swat at the rooster. The boy who knocked off the rooster's head won, and he or his parents cooked the rooster and invited the rest of the boys to eat and celebrate.

During the past few years, the practice of correr los gallos in Villanueva de la Serena, which is markedly different from la corrida del gallo in New Mexico, has changed at least in one respect: the rooster is no longer strung up alive and thus is spared from suffering.

As settlements were established and traditions took root in the Hispanic villages of northern New Mexico, entertainment during holidays was very important. One of the most popular sports was la corrida del gallo, which was even featured in a scene from the 1958 movie *Cowboy*, starring Glen Ford and Jack Lemmon. Other terms used for the sport in New Mexico were *correr el gallo, sacar el gallo, jugar gallo, gallar, la corrida*, and *la gallada*.

However, the sport began to die off in New Mexico shortly after World War I, and it reached its demise in many villages like mine after World War II, when young men refused to go back to their rural communities. They wanted instead to live and work in urban areas such as Albuquerque. Women's compassion for the rooster also contributed to the sport's demise.

I hope you enjoy this story about la corrida del gallo as it was practiced in my village of Ojo del Padre a long time ago. Today, as the twenty-first century opens its doors, rooster racing in the Hispanic villages of northern New Mexico exists only in the history books and in the minds of a few men and women who, like me, still recall the popular sport of yesteryear.

Rooster Racing

Rooster racing is a colorful sport that people once upon a time practiced in my village of Ojo del Padre and elsewhere in New Mexico. Today Ojo del Padre is a ghost town, and only the memories of rooster racing remain. But even those reminiscences are slowly fading away as every old-timer who once saw the sport or participated in it leaves this earth.

SAINT JOHN'S DAY

Saint John's Day, June 24—without doubt the most popular holiday of the year—is when rooster racing was practiced in my *placita*. No single holiday attracted more people than Saint John's Day. This was a day of great fun for everyone, from the youngest to the oldest. In addition to the families from Ojo del Padre who were present, folks also came from nearby places and other villages to join in the celebration. At night, a dance to end the day's festivities was held either at the local schoolhouse or a dance hall.

I remember Saint John's Day well. It began with Mass around nine o'clock in the morning. Following Mass, local townspeople, called Guadalupanos (Ojo del Padre in modern times became known as Guadalupe), invited friends, guests, and relatives to their homes. They served coffee and pastries, and then lunch a couple of hours later.

In late afternoon, after the heat of the day had passed, a series of activities began, including horse racing and perhaps even a baseball game between the Navajos from Torreón on the Navajo Reservation and young men from Ojo del Padre. But the most exciting event was rooster racing.

THE SPORT IN MY VILLAGE

According to old-timers like my Grandpa Lolo, who lived to be one hundred years old, rooster racing in my village dates back at least to when he was a young man in the 1880s and 1890s. This sporting event was also quite popular when I was a young boy, but by that time, the *galleros* (gah-YEH-rohs),

Bottle used for rooster racing in lieu of live rooster.
This was more common in Ojo del Padre during the 1940s.

or riders, did not use live roosters. We buried empty beer or wine bottles in the ground instead.

What was the sport all about? And who participated in it? That's what this story is about, so relax, and I'll tell you all about it, OK?

Let us turn back the clock to when Grandpa Lolo was a young man. Back then, TV, radio, videos, DVDs, and iPods were far into the future, so on *días de fiesta*, holidays, people in small communities engaged in different recreational activities or sports, such as rooster racing. Men, women, and children had a great time.

Long before I was born, someone from my placita usually donated the rooster prior to the event. Other times a gentleman from another village came with the rooster tucked under one of his arms, which he was prepared to give away for the afternoon's competition. In most cases, the rooster was already old. In case you're wondering if there was ever a shortage of roosters, the answer is yes. Whenever there wasn't a rooster available, an old hen was used.

Once a rooster was found, a gentleman from my village was asked to supervise the sporting event. He was kind of a referee and needed to be well respected and fair. His authority and judgment were rarely questioned except by galleros, "rooster pullers," from other villages. The gentleman's responsibility was to invoke the rules, keep the riders from cheating, and keep the action moving.

Although the galleros already knew the simple rules, the person in charge nevertheless explained them again, including, among other things, the location of the starting point and the finish line. The entire stretch from beginning to end was no more than one hundred yards—the length of a football field.

About halfway from the starting point, a rooster was buried up to its neck in a mound of dirt. The object of rooster racing was for the gallero (the word comes from *gallo*, meaning *rooster*) to scoop up the rooster by the neck as he galloped by at full speed. The gallero was barely able to see the rooster's head until he came close, but he had a good idea where it was buried.

At one time, the rooster was buried head first, with its legs sticking up in the air, but some women considered this to be cruel. There were also people who thought that gave the gallero an advantage, but others didn't agree. The rooster, head showing or not, was difficult to scoop up. If the gallero was able to pluck the rooster from the dirt, he dashed for the goal line.

As they chased him, the gallero's opponents tried to take the rooster away from him before he reached the finish line. If the gallero succeeded in crossing the finish line with bird—or what was left of it—in hand, the man in charge of the event presented him and his teammates with a modest reward. This usually consisted of a small amount of money, or some beer or a bottle of wine, if he was old enough to drink.

Sometimes the losing team had to sponsor a local dance and pay the musicians. There were also times when the losing galleros had to pay for the use of the dance hall, but the cost was minimal.

ON WITH THE RACE!

The galleros were young boys in their late teens or early twenties. On occasion, men thirty years or older also participated.

Most of the time, a team from a nearby village came to challenge the galleros from my placita. This rivalry added to the enthusiasm of the local villagers and made the sport more entertaining and quite competitive. The competition between the two teams was taken very seriously. Each team usually had about four to six galleros, but the number could vary.

Long ago, the gallero dressed elegantly for the competition. He wore a white shirt, a red kerchief tied around his neck, Levi's, cowboy boots, and a cowboy hat, but as the sport evolved, the attire also changed. For example, different colored shirts replaced the white shirts, and galleros quit wearing kerchiefs.

The galleros were proud of performing in front of their community. This was particularly true of the young men who wanted to impress the local girls. The sport was exclusively for men.

Every gallero practiced at home using a fake rooster or some other object buried in the ground, and he brought his best horse to the competition. The horses in general were small, which was to the rider's advantage. The speed of the horse was important, of course, but the rider's timing also had to be perfect. Knowledge of at what instant to pluck the rooster from the dirt mound at full-speed was the difference between a good gallero and an outstanding gallero. A few galleros did not fit either category; they were downright clumsy and awful. But people gave them credit for trying and saw them as amusing.

By the time the event was about to begin, the air would be filled with excitement. Grandparents and their grandchildren, along with the wives or mothers of the galleros, were eager and ready to cheer the galleros on. The chatter was constant. People wondered aloud which team would win and what lucky gallero would pluck the rooster from the ground.

As a courtesy to the visiting team, the first gallero to try his luck was usually one from the neighboring village. Next in line was a boy from my placita. From then on, each team alternated turns. As a rule, the best gallero went first and the worst one went last. Sometimes the strategy worked; other times it didn't.

"*¿Listos, muchachos?* Ready, boys?" don Epifanio, the man in charge, hollered as he faced the two opposing teams, which stood side-by-side, glaring at each other with mean looks.

"¡Listos!" the galleros responded, and a thunderous response erupted from both teams as the spectators applauded.

"Well, then . . . *¡Al gallo!* Go for the rooster!" don Epifanio yelled.

The first gallero, who was from Casa Salazar, took off in a cloud of dust. He was riding a beautiful sorrel horse with a brightly polished saddle. Galloping at full speed, he held on tightly to the saddle horn with his right hand and hugged the saddle with his right leg so that he wouldn't fall off. As he approached the rooster, he leaned way down to his left with his left foot firmly in the stirrup. He took a swipe at the rooster with his left hand, but he failed to pick it up.

"Ohhhhhh!" the crowd shouted all at once, but they were shouts of approval from the Ojo del Padre villagers.

Next came Lalo, a favorite from Ojo del Padre, who was riding a jet-black horse. He was considered the cream of the crop among galleros. Not only was he a good horseman, but also his entire technique in rooster racing was smooth and fluid from start to finish. In addition, he was a savvy and smart gallero who knew when and how to alert his horse of each successive move. All of these things combined made Lalo an excellent gallero. The only fault people, including his own family, saw in him was the fact that he was a real *faceto*, a show-off. But like other galleros, he too could have a bad day.

"*¿Estás listo?* Are you ready?" don Epifanio shouted.

"Ready!" Lalo responded.

He spurred his horse and took off like a bolt of lightning, but he didn't even come close to grabbing the rooster. Either his timing was way off, or he didn't see the rooster's neck because of all the dust that was still hanging in the air after the previous gallero's turn.

"Ugh! Here we go again. Even the best can sometimes be the worst," Grandpa Lolo commented. "Oh, that I were young! I would show these young bucks a thing or two about the *corrida*."

"But you're not young anymore, *viejo*. You're an old man," Grandma Lale reminded him. "So be careful what you say."

The rooster race went back and forth, but not one single gallero was successful in lifting the rooster. If the poor rooster could have talked, he no doubt would have asked, "What the heck is going on here?"

"Forget it!" an impatient little old lady exclaimed. "The rooster's not only getting nervous, it's probably getting hungry. Maybe the galleros ought to sprinkle a little corn as they gallop by," she added in a sarcastic tone of voice.

"Yeah. Nowadays, all these young kids can pick up is a tortilla to stuff in their mouth," her *comadre* who was sitting next to her added.

Each of the teams' members had tried once but had failed to pick up the rooster. Some people were disappointed; others were disgusted. The chatter of unhappiness traveled fast, so don Epifanio called for a second round. But this time the galleros would go in reverse order; the worst gallero from Casa Salazar would go first.

His name was Diego, but everybody called him Dieguito because he was very short and stocky. He was probably no more than five feet tall. People in my village had seen him perform in the past, and they liked him because of his antics. They never knew what trick he had up his sleeve. He had one great advantage—his horse. He rode a small but beautiful white horse named Bola de Nieve, or Snowball. It seemed like the horse knew or understood more about rooster racing than Diego did himself. At least that's what people thought.

"¿Listo, Dieguito?" don Epifanio asked.

Without answering, Dieguito slapped his horse on the rump and exploded from the starting line. Although he was known as a clown, today Dieguito was using his best behavior. There was no monkey business. Even so, he failed to pick up the rooster.

Next up from Ojo del Padre was Nicanor. He wasn't a clown like Dieguito, but he was not very good either. He was clumsy, perhaps because he was fat. Some individuals even called him El Chicharrón, the Pork Crackling, a nickname a classmate had given him in grade school. Nickname or no nickname, he was ready for the challenge. The crowd was getting louder and louder and restless. As for the rooster, who knows what he was thinking? Perhaps thoughts didn't even enter his brain.

"*¡Sácalo! ¡Sácalo!* Pick it, pick it up, Chicharrón!" the Ojo del Padre crowd chanted.

"Are you ready, Nicolás?" the slightly deaf don Epifanio shouted.

"My name is Nicanor," he responded from his brown horse that he used every day on the farm.

Nicanor's horse wasn't fancy or trained for rooster racing like the other horses, but it could gallop pretty fast. Nicanor took off under a cloud of dust just like the previous galleros. About fifteen feet from where the rooster's head was sticking up from the dirt, Nicanor went through all the movements of a good gallero. To everybody's amazement, he lifted the rooster by the neck and dashed for the finish line.

His teammates were left with their mouths wide open, but they quickly came galloping to protect Nicanor from his Casa Salazar opponents, who were in hot pursuit. They were trying desperately to wrest the rooster from Nicanor before he crossed the finish line. But this whole time, Nicanor was using the rooster to whack his competitors in the face and shoulders. By the time he got to the finish line, the poor rooster was barely in one piece, and the white shirts of the galleros from Casa Salazar were splattered with blood.

Don Epifanio declared the Ojo del Padre team the winner, and the Guadalupanos from my placita erupted into a thunderous round of applause. He gave each team member *dos reales* (two bits) as prize money, which he had collected from people watching the event.

The galleros from Casa Salazar offered to sponsor the evening dance as long as they could come back for the Saint John's Day celebrations the next year to avenge their loss. The dance, called a *desquite*, or revenge, by the old-timers, entitled the losers to a rematch. The dance was held in Ojo del Padre at the Córdova Dance Hall. Everyone had a great time. There were no hard feelings between galleros, but those from Casa Salazar vowed to return, confident that next time they would be victorious.

GETTING EVEN

One year later, the galleros from Casa Salazar returned to my village for the Saint John's Day celebrations. Determined to win the rooster race, they arrived on their good-looking horses. Even the beads on the saddles and bridles sparkled with the morning sun. Elegant as ever in their white shirts and red kerchiefs, the galleros from Casa Salazar were anxious for the rooster race to start.

After Mass, friends and relatives gathered in front of the church to exchange greetings, but the main topic of conversation among the churchgoers was the rooster race. Word had gotten around that don Epifanio would once again be in charge. The galleros did not object; they liked the old fellow even if he couldn't hear very well.

By late afternoon, people began to congregate for the rooster race. The starting line this time was near the Sánchez family home north of the church, and the finish line was south of the church next to the Córdova Dance Hall, where the dance was held a year earlier. The dirt road where the rooster race was to take place ran parallel to the church; it was long enough for a gallero to pick up enough speed before attempting to pluck the rooster.

Most people liked to stand close to where the rooster was buried; others enjoyed being near the finish line. The rest lined up along the road. For them, seeing the galloping horses was just as exciting as being near the rooster.

Next to the Sánchez home was a huge corral where Old Man Sánchez kept his horses, milk cows, and goats during the summer. That's where the galleros gathered to hear don Epifanio's last minute instructions. Once he went over the rules, don Epifanio walked past the church carrying the old rooster in his arms. This time it was Old Man Sánchez who donated the rooster.

A bunch of other kids and I ran to join don Epifanio. We tagged along as he picked a spot in the middle of the road to bury the lustrous red rooster. The dirt was loose, so building a small mound was no problem at all. The difficulty was keeping the unruly rooster from flapping its wings because it kept breaking the pile of soft dirt. Some older women were laughing and clapping for the rooster. An older gentleman, who finally saw don Epifanio struggling with the feisty bird, took off his belt and tied it around the rooster's wings. He then helped don Epifanio secure the bird in the ground so the rooster race could start.

This year, don Epifanio did not stand at the starting line as he had the year before; this time he took a position near the rooster. He evidently had heard rumblings that the galleros from Casa Salazar would try to cheat to ensure victory. How? Don Epifanio didn't have any idea, but he was a man of dignity and was not about to tolerate any dirty tricks.

Don Epifanio waved his white handkerchief from where he was standing, as each gallero stood ready for the challenge. This time the Ojo del Padre team would go first. There were five galleros on each team.

The first gallero took off at full speed, but he failed to grab the rooster. Next came his opponent from Casa Salazar. He, too, was unsuccessful. First one rider, then the next. This went on for a couple of rotations but without anyone having any luck. The spectators were getting antsy. They wanted action. They wanted results.

Meanwhile, a lady in the crowd noticed that the rooster had a long neck, and every time a gallero leaned down to pick it up, the rooster very cleverly moved its head, causing the rider to miss his target.

"Look, comadre!" the lady said to her friend. "What a clever rooster! He's smarter than the galleros. The rooster knows just the right moment to wiggle his head."

"I bet Old Man Sánchez is up to his mischief again," her comadre muttered. She lived next door to Old Man Sánchez and knew him well.

The word about the rooster's long neck quickly spread among the galleros. Those from Casa Salazar in particular took notice. They thought it was some kind of a ploy to favor the boys from Ojo del Padre . . . and they weren't about to stand for it.

Celso, the leader of the Casa Salazar clan, asked his teammates to circle around him. After a brief discussion, they asked Dieguito to step forward. They knew that if anyone could pull a rabbit out of a hat, it was Dieguito, whose clowning was well known.

"Dieguito, we want you to do something hilarious, something that will shake up these Guadalupanos. You understand? Do you think you can do that?" Celso asked him. Dieguito nodded his head yes.

"Who's next?" don Epifanio shouted, waving his white handkerchief over his head.

"I am!" Dieguito answered from the distance, and he took off like a flash of lightning.

When Dieguito was a short distance from the rooster, he did something extraordinary. He stood straight up on the saddle, holding on tight to the reins for balance.

"Look, Mommy!" a kid shouted as he pulled on his mother's skirt. "Did you see that?"

"Yes, *hijito*. That's Dieguito for you. He's always full of surprises."

Then suddenly Dieguito came down hard on his saddle and aimed for the rooster. But instead of putting his left foot in the stirrup, grabbing the saddle horn with his right hand, and hugging the saddle with his right leg like everyone else, he did everything in reverse. He used the right side of his horse to go through all the motions!

The people's *oohs* and *ahhs* could be heard up and down the track. They didn't know what to think of Dieguito. Some individuals were not surprised; others were amused. After all, only Dieguito could dream up more tricks than a magician. Of course he was entertaining.

"I wonder where he learned to do those tricks," an elderly man whispered.

Standing next to him was a gentleman named Sergio, who had worked as a handyman for a circus in Albuquerque. He was not surprised at Dieguito's latest stunts.

"Listen, my good friend," Sergio said to the old man. "He probably learned all that from the Gypsies in the circus. The *turcos* are good at performing acrobatics like that."

Good or not, Dieguito failed to pluck the poor rooster from the hilltop. A split-second after Dieguito's attempt, his horse, for some reason or another, started to buck and kick. Dieguito dangled back and forth on the right side of the horse like a rag doll. When the horse quit bucking and kicking, it took off running like a wild mustang. Dieguito was trying to hang on for dear life as his head bounced on the dirt and against the sage bushes and almost banged against some rocks.

"Turn loose of the saddle horn!" "Jump!" "Pull on the reins!" "Hang on!" Each command came from a different person.

Dieguito's horse finally came to a stop, and he was able to get off it. He laughed as if nothing had happened, but he was shaking. His face was as white as his horse, Snowball.

"That's what he gets for being such a *payaso*, a clown," an unsympathetic woman who knew Dieguito well remarked. "That'll teach him to quit acting like a fool."

Celso felt bad about Dieguito. *What if he had been dragged through a cactus like a sack of wool or had lost an eye?* he asked himself as he reflected on the incident.

Don Epifanio, who as a rule was a pretty calm person, joined everyone in a sigh of relief before he asked for the next gallero.

"Let Celso try it!" someone from Casa Salazar suggested in an angry tone of voice. "He's probably the one who encouraged poor Dieguito to try his stunt."

There were no objections from the Ojo del Padre team. They were just as stunned at what happened to Dieguito as everyone else. Celso accepted the challenge without saying a word. As soon as don Epifanio waved his handkerchief, Celso slapped his horse and took off. As if to show everyone the skills of a leader, he scooped up the rooster with little effort. Very few people applauded. They were still in shock from Dieguito's scary incident. Even the galleros from Ojo del Padre didn't chase Celso as he headed for the finish line. Nevertheless, both teams agreed on one thing: next year on Saint John's Day, there would be a rematch between the galleros from Casa Salazar and Ojo del Padre to determine the real champions.

THE DECIDING MATCH

Throughout the year, there was talk up and down the Río Puerco valley about the upcoming third and final match, the tie breaker. It was the talk of the town, so to speak. A true rivalry had been born. Everybody was looking forward to the rematch except for a few women from my placita.

First of all, these women had gotten tired of washing and removing the bloodstains from the white shirts. Secondly, after years of watching rooster racing, they concluded that burying a rooster was bad enough, but hitting each other with it until the poor creature was torn to pieces was inhumane.

Their protests were loud and clear. The women said what they had to say, and the galleros from my placita listened. On Saint John's Day, the day of the rematch, the galleros from Casa Salazar noticed that their opponents were not wearing the customary white shirts and red kerchiefs. They learned about the women's protests right away and knew that any argument against them would be a waste of time. The women had won and so had the rooster.

One of the galleros from Casa Salazar raised a couple of important questions. If a rooster was not allowed, did this mean the end of the sport? If not, what could be used instead of a rooster? Someone had the clever idea of using a dollar bill stuck in the ground. The rules would change very little. If a gallero was successful in picking up the money, he could share it with his team members. But since money was scarce, who would donate the dollar?

The galleros were in a sticky situation. What were they to do? Don Epifanio, wise man that he was, proposed using an empty beer or wine bottle stuck in the ground with the bottleneck up. Everyone applauded the suggestion, including the galleros. But, more importantly, the women were thrilled, especially an aunt of mine whose husband was one of the galleros.

The galleros could continue to wear white shirts and red kerchiefs if they wanted to, but most never again wore white shirts. For them, not having a rooster as their trophy took away all the glitz and excitement of the rooster race. The old-timer men saw the tradition in danger of slowly fading away. For others, not having a rooster meant the death of the sport altogether. Only time would tell.

BEER AND WINE BOTTLES

Despite the pessimism, interest in rooster racing in Ojo del Padre continued for years to come, but the flare and glare of the sport was gone. Using beer and wine bottles was not the same as using a rooster, but gradually the galleros, including me, adjusted to the change.

Finding empty bottles was always easy because grown men drank their share of wine and beer during the holidays. Some of them, like my father, even brewed and bottled their own beer at home.

For this latest "rooster race," the wife of the sacristan, who had a key to the church, showed up with an empty wine jug that the priest had left behind on his last trip to my village, but it was a gallon jug and much too big and awkward. They would have to find another bottle.

"I've got one! I've got one!" a little boy hollered as he ran toward don Epifanio.

The boy had found an amber-colored bottle in a heap of trash near the river where he and his playmates practiced target shooting with their slingshots.

"*Anda*, hijito, *traela*. Bring it here," don Epifanio requested.

Once he had buried the beer bottle in the ground with only its neck visible to the naked eye, don Epifanio lined up the galleros into two separate columns. The first gallero who tried picking up the bottle was from Casa Salazar; he was followed by a Guadalupano, but both had a hard time. They complained that the bottle was slippery and that it tipped over. The next galleros didn't have any better luck.

The last turn went to the Casa Salazar team, but they were one gallero short. One of their teammates wasn't feeling well, so they asked a fellow villager, who had substituted for them in the past, to take his place. His name was Gregorio. He was their last chance, or don Epifanio would declare the match a draw. There would be no second round because the June skies were turning dark and a muddy track could be dangerous. A horse could stumble and break a leg or a gallero could suffer the same injury. Don Epifanio didn't want to take a chance and then be blamed for the accident.

Dieguito was well liked by his peers and fellow galleros. The same thing could be said of Gregorio, but he was downright awful at rooster racing. He was tall, lanky, and awkward. Besides being tall and skinny, he had a very short torso and long legs. Once he got on his horse, his feet almost touched the ground. All the same, he decided to lower the left stirrup to reach closer to the ground. He thought this would increase his chances of winning.

Happy as a lark and thinking he was going to win without any trouble at all, Gregorio left the starting line like a rocket and headed for the amber-colored beer bottle. As he stooped down to grab the bottle, he and his saddle slid faster than you could count *one, two, three, go!* All of sudden, Gregorio found himself staring at the horse's belly. The people were in hysterics, laughing uproariously. Gregorio was red as a tomato from embarrassment.

Unbeknownst to him, some prankster had loosened the cinch on his saddle. A wise old-timer was overheard saying, "What is well learned is not soon forgotten," and sure enough, Gregorio never again cheated at the sport.

"*¡Empataos! ¡Empataos!* It's a draw! It's a draw!" an anonymous spectator shouted.

"If one of the galleros can't pick up the bottle, let someone else try it," another voice hollered from the crowd.

"*Sí, sí.* Yes, yes," the crowd echoed.

"Is there any man here who would like to try picking up the bottle? I will give that person one dollar if he turns the trick," don Epifanio offered.

I sensed that he was perhaps trying to create some excitement before the rain came. The clouds indeed were like black crows hovering overhead, and they were getting darker and darker.

"How about a woman? Why does it have to be a man?" a lady asked in a booming voice.

"¡Sí, sí!" the crowd roared once again.

"That's fine with me," don Epifanio said. "I have no objection."

"Yeah. Why not doña Adelaida?" another woman asked.

After some coaxing, doña Adelaida went and got her horse from her corral not far from her home near the church. She came back on her beautiful white-faced horse called El Bole. Everybody expected the worst, except for her comadres, who were aware that she could ride a horse better than some men. Her comadres had seen how good she was on Saint Anne's Day, July 26, a holiday reserved solely for women riders.

"Ready? . . . One, two, three, go!" don Epifanio cried out, and off went doña Adelaida.

With her skirt flying in the air (women didn't wear pants back then), she went through the movements like a seasoned gallero, and *bingo!* She picked up the bottle without any trouble at all. The women in the crowd, as well as some men, broke into a thunder of applause. The galleros and the rest of the men just stood with eyes as big as tortillas. They were either surprised or embarrassed, or both, because a woman had turned the trick. It was a magical moment for lots of people, especially for the women and close friends of doña Adelaida who had protested the use of roosters.

She became a hero not only in my village but throughout the Río Puerco valley as well. She had been victorious in a sport dominated by men.

That evening, don Epifanio sponsored the dance to honor doña Adelaida at the Romero Dance Hall. The fandango was cheerful and even more jubilant than previous dances.

One of doña Adelaida's comadres was a bit suspicious. She was overheard asking doña Adelaida how she was able to scoop up the bottle: "Comadre, what a great show you put on today! How did you do it?"

Doña Adelaida glanced at her with a broad smile. "Comadre, it was easy. Piece of cake," doña Adelaida said. "All I did was to rub some good old-fashioned *trementina*, pine sap, on my fingers."

"And who taught you that trick?"

"It's a secret that I can't reveal."

"Come now! I won't even tell my viejo."

"You promise?"

"I promise."

"My compadre, Nicanor," doña Adelaida said. "But he did it only once because his fingers stuck to the rooster's feathers, and then he couldn't get them unstuck. But with a bottle, I didn't have that problem."

To this day, I remember doña Adelaida and those glorious days of rooster racing well.

La corrida del gallo

La corrida del gallo es un deporte pintoresco que la gente de mi placita de Ojo del Padre y de otras partes de Nuevo México festejaba más antes. Hoy Ojo del Padre está en ruinas, y solamente los recuerdos del deporte sobreviven. Pero hasta esas memorias mismas vienen desapareciendo cada vez que un viejito que observaba o participaba en el deporte se despide de este mundo.

EL DÍA DE SAN JUAN

El día de San Juan, el 24 de junio—sin duda el día de fiesta más popular durante el año—es cuando la corrida del gallo se celebraba en mi placita. No había día festivo que llamara más la atención que el día de San Juan. Éste era un día de gran diversión para todos, desde el más joven hasta el más anciano. Además de las familias de Ojo del Padre, también venía gente de lugarcitos cercanos y de otros pueblitos para participar en la celebración. Por la noche, se celebraba un baile para terminar el festejo del día ya fuera en la escuela o en una sala de baile.

En vez de un gallo en los años 1940 en Ojo del Padre, se usaba más bien una botella para la corrida del gallo.

Yo recuerdo bien el día de San Juan. Empezaba con la misa a eso de las nueve de la mañana. Después de misa, la gente de la placita, es decir los guadalupanos (mi placita en tiempos modernos se llamaba Guadalupe), invitaban a amigos, a huéspedes, y a parientes a sus casas. Se les servía café y pasteles, y luego un almuerzo un par de horas más tarde.

Por la tarde, cuando ya se había pasado el calor del día, empezaba una serie de actividades; entre ellas había carreras de caballos y tal vez hasta un partido de béisbol entre los navajoses de Torreón de la Reserva Navajó y los jóvenes de Ojo del Padre. Pero el evento más emocionante era la corrida del gallo.

EL DEPORTE EN MI PLACITA

Según los ancianos como Abuelito Lolo, que llegó a los cien años, la corrida del gallo en mi placita data por lo menos a los años de 1880 y a los años de 1890 cuando él era joven. El deporte también era bastante popular cuando yo era jovencito, pero para ese entonces, los galleros, o sea, los jinetes, ya no usaban gallos. Lo que hacíamos era enterrar en la tierra botellas vacías de cerveza o de vino.

¿De qué se trataba el deporte? ¿Y quiénes participaban? De eso se trata todo este cuento, así que tranquilo, y ya te lo voy contando, ¿de acuerdo?

Volvamos a cuando Abuelito Lolo era joven. En aquel entonces, la TV, radio, videos, los DVD o los iPod eran cosa del futuro, así que para días de fiesta, la gente en comunidades chiquitas participaban en diferentes actividades recreativas o en deportes, como la corrida del gallo. Tanto los hombres, las mujeres, como los niños se divertían muchísimo.

Mucho antes de que yo naciera, alguien de mi placita por lo general regalaba el gallo un poco antes de la corrida. Otras veces venía un señor de otra placita con el gallo bajo un brazo, el cual él estaba listo para regalar para la competición de la tarde. En casi todos los casos, el gallo ya era viejo. En caso que estés pensando si había una escasez de gallos, la respuesta es que sí. Cuando no había un gallo, se usaba una gallina vieja.

Tan pronto como se encontraba un gallo, se le pedía a un señor de mi placita que supervisara la corrida. Él era como un árbitro y tenía que ser bien respetado y justo. Su autoridad y opinión casi nunca se ponían en duda a no ser que fuera por los galleros de otras placitas. La responsabilidad del señor era invocar las reglas, evitar que los galleros no hicieran sus trampas, y aseguar que la acción continuara sin demora.

Aunque los jinetes ya entendían las reglas, la persona que estaba al cargo de la corrida de todos modos las explicaba de nuevo, incluso entre otras cosas, el punto de partida y la línea de gol. El estrecho entero desde el comienzo hasta el final no medía más de cien yardas—la distancia de un campo de fútbol americano.

Como a mediados del punto de partida, se sepultaba un gallo hasta el pescuezo en una pila de tierra. El propósito de la corrida del gallo era que el gallero (la palabra *gallero* viene de *gallo*) a todo galope recogiera el gallo del pescuezo. El gallero apenas podía ver la cabeza del gallo hasta que no se acercaba, pero tenía una buena idea dónde estaba enterrado.

En tiempos traseros, se enterraba al gallo de cabeza, con las patas en el aire, pero algunas mujeres consideraban este acto cruel. También había gentes que creían que eso le daba una ventaja al gallero, pero otros no estaban de acuerdo. El gallo, se le viera la cabeza o no, era difícil sacarlo. Si el gallero tenía suerte en sacar el gallo de la tierra, arrancaba para la línea de gol.

Al perseguirlo los adversarios del gallero, ellos trataban de quitarle el gallo antes que él llegara a la línea de gol. Si el gallero tenía éxito en cruzar la línea de gol con el gallo en la mano—o lo que quedaba de él—el hombre a cargo de la corrida les presentaba a él y a sus compañeros un pequeño premio. Éste normalmente consistía en un poco de dinero, alguna cerveza, o una botella de vino, con tal que fueran mayores de edad para beber.

En algunas ocasiones el equipo que perdía estaba obligado a ofrecer un baile y a pagarles a los músicos. También había veces que los galleros tenían que pagar por el uso de la sala de baile, pero el costo era mínimo.

¡ADELANTE CON LA CORRIDA!

Los galleros eran jóvenes adolescentes o que tenían sus veinte años y pico. De vez en cuando, los hombres de treinta años de edad o más viejos también participaban.

La mayor parte del tiempo, un equipo de una placita no muy lejos de la mía venía a desafiar a los galleros nuestros. Esta rivalidad animaba a los aldeanos de mi placita y contribuía a que el deporte fuera más divertido y de más competencia. La competencia entre los dos equipos era cosa seria. Cada equipo por lo general tenía sus cuatro a seis galleros, pero el número podía variar.

Años atrás, el gallero se vestía de una manera elegante para la competencia. Llevaba puesto una camisa blanca, un pañuelo rojo en el cuello, pantalones Levi, botas, y un sombrero de vaquero, pero según fue desarrollando el deporte, la ropa también cambió. Por ejemplo, camisas de diferentes colores reemplazaron a las blancas y los galleros dejaron de usar pañuelos.

A los galleros les encantaba poder participar en su comunidad. Esto era particularmente cierto de los muchachos jóvenes que querían impresionar a las chicas de su placita. El deporte era exclusivamente para los hombres.

Cada gallero practicaba en su casa usando un gallo falso u otro objeto enterrado en la tierra, y él traía su mejor caballo para el día de la corrida del gallo. Los caballos por lo general eran pequeños, lo cual era una ventaja para los jinetes. La velocidad de los caballos era importante, claro, pero la coordinación entre del jinete también tenía que ser perfecta. El saber en qué momento coger el gallo de la pila de tierra a todo galope podía separar a un buen gallero de uno que fuera sobresaliente. Algunos galleros no calificaban ni para una categoría ni la otra; eran unos verdaderamente torpes y horribles. Pero la gente los aplaudía por el esfuerzo que hacían y los veía como cosa divertida.

Estando a punto de empezar la corrida, se sentía una emoción enorme. Los abuelos y sus nietos, como también las esposas o madres de los galleros, estaban ansiosos y listos para animar a los galleros. La charla no paraba. La gente pensaba en voz alta que si cuál de los equipos ganaría y qué gallero suertudo sacaría el gallo de la tierra.

Como cortesía al equipo visitante, el primer gallero para probar la suerte normalmente venía de la placita vecina. Luego le tocaba a un muchacho de mi placita. Después de eso, cada equipo tomaba su turno. Por regla general, el mejor jinete iba primero y el peor iba último. A veces la estrategia daba resultados; en otras ocasiones no importaba.

—¿Listos, muchachos?—gritó don Epifanio, el hombre encargado de la corrida, mientras miraba a los dos equipos, que estaban uno al lado del otro, echándose miradas feas.

—¡Listos!—respondieron los galleros, y estalló una manifestación ensordecedora de ambos equipos mientras los espectadores aplaudían.

—Pues, entonces . . . ¡Al gallo!—exclamó don Epifanio.

El primer gallero, que veniá de Casa Salazar, partió corriendo en una bola de polvo. Andaba en un bonito caballo alazán con una silla lustrosa. Yendo a galope tendido, se agarró bien fuerte de la cabeza de la silla con la mano derecha y abrazó la silla con la pierna derecha para no resbalarse. Al acercarse al gallo, se inclinó bien bajito a la izquierda con el pie izquierdo bien firme en el estribo. Le dio un manotazo al gallo con la mano izquierda, pero no pudo sacarlo.

—¡Ohhhhhh!—gritó toda la gente a la misma vez, pero eran gritos con la aprobación de la gente de Ojo del Padre.

Después le tocaba a Lalo, un favorito de Ojo del Padre, que andaba en un caballo azabache. Se le consideraba la flor y la nata entre los galleros. No sólo era un buen jinete, sino que toda su técnica en la corrida del gallo también era suave y fluida de cabo a rabo. Además, era un gallero astuto e inteligente que sabía cuándo y cómo advertirle a su caballo tocante a cada movimiento. Todas estas cosas eran para que Lalo fuera un gallero excelente. El único defecto que la gente veía en él, inclusive su misma familia, era el hecho de que era un verdadero faceto. Pero como otros galleros, él también podía tener sus días malos.

—¿Estás listo?—retumbó don Epifanio.

—¡Listo!—respondió Lalo.

Le picó con las espuelas a su caballo y arrancó como un rayo, pero ni siquiera tocó el gallo. No calculó muy bien, o fue que no vio el gallo a causa de todo el polvo que levantó el gallero anterior.

—¡Uf! Aquí vamos otra vez. Hasta el mejor a veces puede ser el peor—comentó Abuelito Lolo—. ¡Ojalá que yo fuera joven! Yo les enseñaría a estos chavales una que otra cosa de la corrida.

—Pero ya no eres joven, viejo. Eres un hombre viejo—le recordó Abuelita Lale—. Así que ten cuidado con lo que dices.

La corrida iba de acá para allá, pero ni un solo gallero tuvo éxito en sacar el gallo. Si el pobre gallo hubiera podido hablar, seguramente que habría preguntado, —¿Qué demonios pasa aquí?

—¡Déjate!—exclamó una viejita toda impaciente—. El gallo no solamente se está poniendo nervioso, sino que probablemente tiene hambre. Quizás los galleros deberían de salpicarle un poco de maíz al pasar de galope—añadió en un tono sarcástico.

—Sí. Hoy en día, lo único que estos chavales pueden levantar es una tortilla pa metérsele en la boca—añadió su comadre, que estaba al lado.

Cada gallero de su equipo había tratado de sacar el gallo pero sin éxito. Algunas personas estaban desilusionadas; otras estaban disgustadas. El palabreo de malgusto corrió rápido, de manera que don Epifanio pidió un segundo turno. Pero esta vez los galleros tomarían su turno en orden inverso; el peor gallero de Casa Salazar iría primero.

Se llamaba Diego, pero todo el mundo le llamaba Dieguito, su sobrenombre, porque era bajito y gordiflón. Es probable que no midiera más de cinco pies de altura. La gente de mi placita lo había visto correr gallo en el pasado, y lo querían gracias a sus payasadas. Nunca se sabía qué travesura tenía escondida. Él tenía una gran ventaja—su caballo. Era un caballo blanco muy bonito llamado Bola de Nieve. Parecía que el caballo sabía o entendía más sobre correr gallo que Diego mismo. Por lo menos es lo que pensaba la gente.

—¿Listo, Dieguito?—preguntó don Epifanio.

Sin contestar, Dieguito le dio una manotada a su caballo en el anca y salió volando desde el punto de partida. Aunque a él se le conocía como un payaso, hoy Dieguito se portaba bien. No hubo travesuras. Aun así, no pudo sacar el gallo.

Ahora le tocaba a Nicanor de Ojo del Padre. Él no era un payaso como Dieguito, pero tampoco era muy bueno. Era torpe, posiblemente porque era gordo. Algunos individuos hasta le llamaban El Chicharrón, apodo que le había puesto un compañero de clase en la escuela elemental. Apodo o no, él estaba listo para el desafío. El bullicio del público igual que su impaciencia venía creciendo cada vez. En cuanto al gallo, ¿quién sabe qué estaría pensando? A lo mejor ni le entraban pensamientos en el cerebro.

—¡Sácalo! ¡Sácalo, Chicharrón!—voceó la muchedumbre de Ojo del Padre.

—¿Estás listo, Nicolás?—gritó don Epifanio que estaba un poco sordo.

—Mi nombre es Nicanor—respondió desde su caballo marrón que usaba todos los días en su hacienda.

El caballo de Nicanor no era nada elegante ni estaba entrenado para la corrida del gallo como los otros caballos, pero podía galopar bastante rápido. Nicanor partió corriendo bajo una nube de polvo como los otros galleros. A eso de unos quince pies de donde estaba el gallo con la cabeza en la tierra, Nicanor cumplió con todos los movimientos de un buen gallero. Sorprendiendo a todo el mundo, sacó Nicanor el gallo del pescuezo y salió corriendo para la línea de gol.

Sus compañeros se quedaron con la boca abierta, pero pronto salieron galopando para proteger a Nicanor contra los contrincantes de Casa Salazar, que iban en pues de él. Estaban desesperados por quitarle el gallo a Nicanor antes de que él cruzara el fin de la línea. Pero durante todo ello, Nicanor no dejaba de usar el gallo para darles sus golpes fuertes en la cara y en los hombros a sus adversarios. Ya para cuando llegó a la línea de gol, el pobre gallo estaba hecho pedazos, y las camisas blancas de los galleros de Casa Salazar estaban bien salpicadas de sangre.

Don Epifanio declaró al equipo de Ojo del Padre los vencedores, y los guadalupanos de mi placita aplaudieron rotundamente. Le dio él a cada miembro del equipo dos reales como premio, dinero que había recaudado de la gente que había estado observando el concurso.

Los galleros de Casa Salazar ofrecieron el baile por la noche con tal que pudieran volver el año próximo a la fiesta del día de San Juan para desquitarse. El baile, el cual los ancianos llamaban el desquite, les daba el derecho a los que perdieran a otra corrida. El baile tuvo lugar en Ojo del Padre en la Sala Córdova. Todos se divirtieron. No hubo rencor entre galleros, pero los de Casa Salazar prometieron volver, seguros de que triunfarían la próxima vez.

DESQUITÁNDOSE

Un año más tarde, los galleros de Casa Salazar retornaron a mi placita para festejar el día de San Juan. Aferrados en ganar la corrida del gallo, llegaron en sus caballos finos. Hasta las mismas cuentas de las sillas y de los frenos relumbraban con el sol de la mañana. Elegantes como siempre en sus camisas blancas y pañuelos rojos, los galleros de Casa Salazar estaban ansiosos que empezara la corrida.

Después de la misa se juntaron amigos y parientes delante de la iglesia para saludarse, pero el tema principal entre los feligreses era la corrida del gallo. Se supo que don Epifanio una vez más estaría al cargo de la gallada. Los galleros no se opusieron; querían al viejito aunque estuviera un poco sordo.

Al atardecer, la gente comenzó a juntarse para la corrida. El punto de partida esta vez estaba cerca de la casa de la familia Sánchez al norte de la iglesia, y la línea de gol estaba al sur de la iglesia a un lado de la Sala Córdova, donde se celebró el baile el año anterior. El camino de tierra donde tomaría lugar la corrida corría paralelo a la iglesia; era bastante largo para que un gallero consiguiera suficiente carrera antes de que tratara de recoger el gallo.

La mayoría de la gente prefería pararse cerca de donde estaba enterrado el gallo; a otras personas les gustaba estar cerca de la línea de gol. Los demás se paraban por el camino. Para ellos, el ver a los caballos galopando era tan emocionante como estar cerca del gallo.

A un lado de la casa de la familia Sánchez había un corral grande donde mi querido amigo Sánchez tenía encerrados sus caballos, vacas de leche, y cabras durante el verano. Fue allí donde los galleros se reunieron para escuchar las últimas instrucciones de don Epifanio. Una vez que les revisó las reglas don Epifanio, se fue andando más allá de la iglesia con el gallo en los brazos. Esta vez mi querido amigo Sánchez fue el que regaló el gallo.

Un montón de niños y yo corrimos para acompañar a don Epifanio. Lo seguimos hasta que él escogió un lugar en medio del camino para enterrar el gallo colorado y relumbroso. La tierra estaba suelta, así que el construir un montoncito de tierra no fue problema del todo. La dificultad fue que el gallo revoltoso no dejaba de batir las alas; era un puro destruir la pila de tierra. Unas ancianas estaban riéndose y aplaudiendo a favor del gallo. Un señor viejo, que por fin vio que don Epifanio luchaba con aquel gallo terco, se quitó el cinturón y le amarró las alas. Luego le ayudó a don Epifanio fijar el gallo en la tierra para que la corrida empezara.

Este año, don Epifanio no se puso al punto de partida como lo hizo el año anterior; esta vez escogió un sitio cerca del gallo. Aparentemente él había oído ruidos que los galleros de Casa Salazar tratarían de hacer sus trampas para ganar. ¿Cómo? Don Epifanio no tenía la menor idea, pero él era un hombre honrado y no estaba dispuesto a tolerar trucos.

Don Epifanio movió su pañuelo blanco en el aire de donde él estaba parado, mientras que cada gallero esperaba su turno. Esta vez el equipo de Ojo del Padre iría primero. Había cinco galleros en cada equipo.

El primer gallero arrancó a todo galope, pero no pudo sacar el gallo. Luego le tocó a su contrincante de Casa Salazar. Él, tampoco, no sacó nada. Primero un jinete, luego el próximo. Esto ocurrió por un par de turnos pero nadie tuvo buena suerte. Los espectadores se estaban poniendo ansiosos. Querían acción. Querían resultados.

Entretanto, una mujer entre la muchedumbre vio que el gallo tenía un pescuezo largo, y cada vez que un gallero se inclinaba para recogerlo, el gallo movía la cabeza, de modo que el gallero fallaba.

—¡Mire, comadre!—le dijo la mujer a su amiga—. ¡Qué gallo más astuto! Es más inteligente que los galleros. Sabe el momento preciso para mover la cabeza.

—Le apuesto que mi querido amigo Sánchez anda otra vez con sus travesuras—murmuró su comadre. Ella era vecina de Sánchez y lo conocía bien.

Pronto se supo entre los galleros que el gallo tenía un pescuezo largo. Los de Casa Salazar en particular se dieron cuenta. Pensaron que era un truco para favorecer a los muchachos de Ojo del Padre . . . y no lo iban a tolerar.

Celso, el líder del grupo de Casa Salazar, les pidió a sus compañeros que lo rodearan. Después de una breve discusión, le pidieron a Dieguito que se pusiera al frente. Ellos sabían que para travesuras no había nadie como Dieguito, cuyas payasadas tenían fama.

—Dieguito, queremos que hagas algo chistoso, algo que sacuda a estos guadalupanos. ¿Entiendes? ¿Crees que puedes hacer eso?—le preguntó Celso. Dieguito movió la cabeza que sí.

—¿A quién le toca ahora?—gritó don Epifanio, moviendo su pañuelo blanco por encima de la cabeza.

—¡Me toca a mí!—contestó Dieguito de lejos, y partió como un relámpago.

Cuando Dieguito estaba a una corta distancia del gallo, hizo algo extraordinario. Se paró derechito en la silla, deteniéndose de las riendas para mantener su balance.

—¡Mira, Mami!—exclamó un niño mientras jalaba la falda de su madre—. ¿Vites eso?

—Sí, hijito. Así es Dieguito. Nunca le faltan sorpresas.

Luego de pronto cayó bien fuerte Dieguito en la silla y se dirigió al gallo. Pero en vez de poner el pie izquierdo en el estribo, en vez de agarrarse de la cabeza de la silla con la mano derecha, y en vez de asegurarse de la silla con la pierna derecha como todos los galleros, hizo todo lo opuesto. ¡Usó el lado derecho del caballo para cumplir con todos los movimientos!

Los *oohs* y *ahhs* de la gente se podían oír de una orilla del corredor al otro. No sabían qué pensar de Dieguito. Algunas personas no se sorprendieron; otras se divirtieron. A fin de cuentas, sólo Dieguito era capaz de inventar más trucos que un mágico. Por supuesto que él era divertido.

—¿Dónde habrá aprendido esas travesuras?—dijo un viejito en voz bajo.

A su lado estaba un señor que se llamaba Sergio, que había trabajado de ayudante para un circo en Alburquerque. A él no le sorprendieron las últimas travesuras de Dieguito.

—Escuche, mi buen amigo—le dijo Sergio al anciano—. Seguramente que aprendió todo eso de los turcos en el circo. Los turcos son buenos para maromas como ésa.

Ya sean buenos o no, Dieguito no pudo sacar al pobre gallo de su pilita de tierra. Un momentito después de la tentativa de Dieguito, su caballo por alguna razón u otra, comenzó a respingar y a patalear. Dieguito se movía en el aire para atrás y para adelante al lado derecho del caballo como una muñeca de garras. Cuando el caballo dejó de respingar y de dar patadas, arrancó corriendo como una bestia silvestre. Dieguito con su vida en peligro se pegaba la cabeza en la tierra y contra los chamisos y por poco se da un golpe contra unas piedras.

—¡Suéltate de la cabeza de la silla! ¡Brinca! ¡Jala las riendas! ¡Detente!— cada una de las advertencias de diferentes personas.

Por fin se paró su caballo, y pudo Dieguito apearse. Se reía como si nada hubiera pasado pero temblaba. Tenía la cara tan blanca como el color de su caballo, Bola de Nieve.

—Es lo que se saca por ser tan payaso—comentó sin condolerse una mujer que conocía bien a Dieguito—. Para que otra vez no ande ahi como un bobo.

Celso se sintió mal por lo que le pasó a Dieguito. *¿Qué si el caballo lo hubiera arrastrado por un cactus como un saco de lana o si él hubiera perdido la vista de un ojo?*, se preguntó al reflexionar sobre el incidente.

Don Epifanio, que por lo general era una persona bastante tranquila, dio un suspiro de alivio junto con el resto del público antes de que llamara él al siguiente gallero.

—¡Que lo intente Celso!—sugirió alguien de Casa Salazar en un tono de enfado—. Sin duda fue él quien animó al pobre Dieguito a que hiciera su travesura.

Nadie del equipo de Ojo del Padre se opuso. Ellos estaban tan asustados como todos los demás por lo que le pasó a Dieguito. Celso aceptó el desafío sin decir una sola palabra. Tan pronto como don Epifanio movió el pañuelo con la mano, Celso le dio un manotazo al caballo y rompió corriendo. Como si fuera para demostrar la técnica de un líder, sacó el gallo como nada. Muy poca gente aplaudió. Todavía estaban en shock por el incidente espantoso de Dieguito. Ni siquiera los mismos galleros de Ojo del Padre fueron en pos de Celso mientras corría para la línea de gol. Sin embargo, los dos equipos concordaron en una cosa: el próximo año para el día de San Juan, habría un desquite entre los galleros de Casa Salazar y los de Ojo del Padre para decidir quiénes serían los verdaderos campeones.

PARTIDO DE DESEMPATE

Durante el año entero, hubo plática por todo el valle del Río Puerco en cuanto al tercer y final partido, el de desempate. Era la comidilla de la ciudad, por decirlo así. Había nacido una verdadera rivalidad. Todo el mundo estaba ansioso por ver el desempate menos unas pocas mujeres de mi placita.

Antes que nada, estas mujeres ya estaban cansadas de tanto lavar y de quitarle las manchas de sangre a las camisas blancas. En segundo lugar, después de observar por muchos años la corrida del gallo, concluyeron que el enterrar al gallo era cosa fea, pero el azotarse los galleros con él hasta que lo dejaban hecho pedazos era algo inhumano.

Sus protestas se oyeron por todas partes. Las mujeres dijeron lo que tenía que decir, y los galleros de mi placita escucharon. El día de San Juan, el día del desempate, los galleros de Casa Salazar se dieron cuenta que sus contrincantes no llevaban como de costumbre camisas blancas ni pañuelos rojos. En seguida ellos se enteraron de las protestas de las mujeres y ellos sabían bien que cualquier argumento contra ellas sería una pérdida de tiempo. Habían ganado tanto las mujeres como también el gallo.

Uno de los galleros de Casa Salazar plantó un par de preguntas importantes. Si no se permitía un gallo, ¿qué sería del deporte? Si continuaba, ¿pues qué se podría usar en lugar de un gallo? A alguien se le ocurrió la idea de usar un billete de un dólar enterrado en la tierra. Las reglas cambiarían muy poco. Si un gallero tenía la buena suerte de coger el dinero, entonces podía compartirlo con sus compañeros. Pero en vista de que el dinero era escaso, ¿quién donaría el dólar?

Los galleros estaban entre la espada y la pared. ¿Qué hacer? Don Epifanio, hombre sabio que era, propuso que se usara una botella vacía de cerveza o de vino enterrada en la tierra con el cuello de la botella para arriba. Todos aplaudieron la sugerencia, incluso los galleros. Pero, aún más importante, las mujeres estaban retecontentas, en particular una tía mía cuyo esposo era uno de los galleros.

Si querían, los galleros podían continuar usando camisas blancas y pañuelos rojos, pero casi todos jamás volvieron a usar camisas blancas. Para ellos, el no tener un gallo como su trofeo quitaba todo el brillo y el entusiasmo de la gallada. Los hombres ancianos poco a poco veían la tradición en peligro de desaparecer. Para otros, no teniendo un gallo significaba la muerte total del deporte. Sólo el tiempo diría.

BOTELLAS DE CERVEZA Y VINO

A pesar del pesimismo, el interés en la corrida del gallo en Ojo del Padre continuó por muchos años, pero el brillo y la luz del deporte se acabó. Usando botellas de cerveza y vino no era lo mismo que usar un gallo, pero poco a poco los galleros, inclusive yo mismo, nos acostumbramos al cambio.

El hallar botellas vacías siempre fue fácil porque los hombres adultos se tomaban su buena cantidad de vino y cerveza durante los días festivos. Algunos de ellos, como mi padre, hasta hacían y embotellaban su misma cerveza en casa.

Para esta última "corrida del gallo," la esposa del sacristán, que tenía la llave de la iglesia, se presentó con una botella vacía de vino que el cura había dejado en su último viaje a mi placita, pero era de un galón y muy grande y pesada. Se tendría que hallar otra botella.

—¡Aquí tengo una! ¡Aquí tengo una!—gritó un muchachito mientras corría a donde estaba don Epifanio.

El chico había hallado una botella de color ámbar en una pila de basura cerca del río donde él y sus amiguitos practicaban tirándole al blanco con su jondas.

—Anda, hijito, traela—le pidió don Epifanio.

Una vez que él ya había enterrado la botella de cerveza en la tierra viéndosele sólo el cuello, don Epifanio alineó a los galleros en dos filas. El primer gallero que trató de sacar la botella era de Casa Salazar; luego lo siguió un guadalupano, pero los dos batallaron. Se quejaron que la botella estaba muy lisa and que se caía. Los siguientes galleros tampoco tuvieron buena suerte.

El último turno le tocó al equipo de Casa Salazar, pero les faltaba un gallero. Uno de sus compañeros no se sentía bien, y por eso le pidieron a un compañero de su placita, el cual había sustituido en el pasado, que tomara su lugar. Se llamaba Gregorio. Él era su última oportunidad de ganar, o don Epifanio declararía un empate. No habría un segundo partido porque el cielo de junio se estaba poniendo oscuro y un corredor lleno de zoquete podía ser peligroso. Un caballo podía tropezar y quebrarse una pata o un gallero podía sufrir la misma herida. Don Epifanio no quería correr un riesgo y luego que le echaran la culpa a él si ocurría un accidente.

A Dieguito lo querían mucho sus compatriotas y camaradas. Cosa igual se podía decir de Gregorio, pero él era un verdadero desastre para la corrida del gallo. Él era alto, delgado, y torpe. Además de ser alto y flaco, tenía un torso muy corto y unas piernas largas. Una vez que se subía en su caballo, sus pies casi tocaban la tierra. De todos modos, decidió bajar el estribo izquierdo para que estuviera todavía más cerquita de la tierra. Creyó que esto le daría una ventaja más para poder ganar.

Más contento que unas pascuas y pensando que iba a ganar sin dificultad alguna, Gregorio partió del punto de partida como un cohete a donde estaba la botella de color ámbar. Al inclinarse para coger la botella, él y la silla fueron a dar abajo en un decir amén. Cuando menos quiso, Gregorio se vio con los ojos contra la panza del caballo. La gente estaba que no aguantaba la risa, riéndose a carcajadas. Gregorio tenía la cara colorada como un tomate de lo avergonzado que estaba.

Sin darse cuenta, algún travieso le había soltado el cincho de la silla. Por casualidad se oyó a un viejo sabio que dijo, —Lo que bien se aprende tarde se olvida—, y dicho y hecho, Gregorio jamás volvió a hacer sus trampas en la corrida del gallo.

—¡Empataos! ¡Empataos!—exclamó un espectador cuya voz no se conocía.

—Si uno de los galleros no puede levantar la botella, que lo haga otra persona—vino otra voz del público.

—Sí, sí—retumbó toda la muchedumbre.

—¿Hay algún hombre aquí que quisiera levantar la botella? Yo le daré un peso a esa persona si puede levantarla—oferta de don Epifanio.

Percibí que él tal vez estuviera tratando de provocar cierto entusiasmo antes de que llegara la lluvia. Las nubes por encima estaban negras como cuervos, poniéndose cada vez más oscuras.

—¿Qué tal una mujer? ¿Por qué tiene que ser un hombre?—preguntó una mujer con una voz que tronaba.

—¡Sí, sí!—retumbó la muchedumbre una vez más.

—Está bien conmigo—dijo don Epifanio—. Yo no me opongo.

—Sí. ¿Por qué no doña Adelaida?—preguntó una otra mujer.

Después de hacerse de rogar, doña Adelaida fue por su caballo a su corral no muy lejos de su casa que estaba cerca de la iglesia. Volvió en su bello caballo, El Bole, con una frente blanca. Toda la gente esperaba lo peor, menos sus comadres; ellas sabían que ella podía andar a caballo mejor que algunos hombres. Sus comadres habían visto lo bueno que era ella para el día de Santa Ana, 26 de julio, día de fiesta reservado exclusivamente para las caballistas.

—¿Lista? . . . Uno, dos, tres, ¡y adelante!—exclamó don Epifanio, y aquí va doña Adelaida.

Con la falda en el aire (las mujeres no llevaban pantalones en aquel entonces), cumplió con toda la técnica de un gallero profesional, y *¡zas!* Levantó la botella sin ninguna dificultad. Las mujeres en la muchedumbre, tanto como algunos hombres, estallaron con una salva de aplausos. Los galleros y el resto de los hombres se quedaron con los ojos del tamaño de tortillas. Se quedaron sorprendidos o avergonzados, o las dos cosas, ya que una mujer había hecho una buena faena. Fue un momento mágico para mucha gente, sobretodo para las mujeres y las amigas íntimas de doña Adelaida que habían protestado el uso de gallos.

Ella se convirtió en una heroína no sólo en mi placita sino también por todo el valle del Río Puerco. Había superado en un deporte dominado por hombres.

Esa noche, don Epifanio patrocinó el baile en honor de doña Adelaida en la Sala Romero. El fandango fue alegre y hasta más bullicioso que otros bailes en el pasado.

Una comadre de doña Adelaida sospechaba algo. Se oyó preguntarle a doña Adelaida que si cómo había podido levantar la botella: —Comadre, ¡qué buena gaita! ¿Cómo le hizo?

Doña Adelaida la miró con una sonrisa de oreja a oreja. —Comadre, fue fácil. Pan comido—dijo doña Adelaida—. Lo que hice fue untarme un poco de trementina en los dedos.

—¿Y quién te enseñó esa diablura?

—Es un secreto que no puedo revelar.

—¡Ándele! No le digo ni siquiera a mi viejo.

—¿Prometes?

—Se lo prometo.

—Mi compadre, Nicanor—dijo doña Adelaida—. Pero él lo hizo solamente una vez porque se le pegaron los dedos en las plumas del gallo, y luego no se los podía despegar. Pero con una botella, no tuve yo ese problema.

Hasta hoy día, yo me acuerdo bien de doña Adelaida y aquellos días gloriosos de la corrida del gallo.

They Stole the Bride!

Introduction: Stealing the Bride

A wedding day was packed with an assortment of activities that began in the morning and ended at night with a roaring dance at the local hall, at the local school, or at someone's private home. On the day of the wedding, people who lived in the village and in the outskirts put on their best clothing and headed for church.

Relatives, friends, and guests congregated at the front of the church before Mass. Others, such as old-timers showing their age or those who had been part of multiple nuptial ceremonies in the past, waited inside. The arrival of the bride and groom and the principals of the wedding party, namely the *padrinos* (godparents) and the parents of both the bride and the groom, was a big deal. They were the main attraction.

The Mass celebrating marriage rites was shorter than a regular Mass, and depending on the priest, the tone was oftentimes both jovial and serious. Once the bride and groom were declared husband and wife, they exited the church and went straight to the bride's parents' home for a reception, followed by a luncheon and socializing. Jubilation continued among the people uninterrupted throughout the day and the evening dance.

But the most thrilling part of the day for everyone, in particular the children, was the stealing of the bride, a custom that generated immense interest and suspense. Speculation over the outcome ran the gamut from who would be the daredevil to steal the bride and who knew where she was being held captive to who would come forth with the so-called ransom to secure her freedom. Even those who were no more than bystanders were on tenterhooks.

In the end, despite all the fanfare and guesswork, the bride was at long last located, and a payment was offered for her release. Everyone, but most of all the groom, expressed great relief as people went home to rest in anticipation of the grand finale: the evening's wedding dance. The next day, the bride and groom would begin their new life together. There was no such thing as a honeymoon for the newlyweds back then.

They Stole the Bride!

It was a beautiful Saturday morning on June 10, 1944, in my village of Ojo del Padre. A young couple, sixteen-year-old Carmelita and twenty-three-year-old

A beautiful June bride on her wedding day in 1935.

Clemente, was getting married at the Virgen de Guadalupe Church. I was really excited because I had never been to a wedding before. Everything would be new to me, so I wanted to make sure I didn't miss a thing. On the way to the placita, I promised to keep my eyes open like a hawk and my ears perked like a donkey.

Weddings in Ojo del Padre, according to my Grandma Lale, were a festive occasion, and she had witnessed many of them aside from her own back in 1898. They provided an opportunity for celebration in which everybody from the village and nearby homes could participate. The joining of two blooming young flowers in matrimony, as I overheard my grandma say, was typical of communities up and down the Río Puerco valley.

Many ranchers and farmers who lived away from Ojo del Padre, like my paternal grandparents, were still considered part of the village. My parents and I lived next door to my grandpa and grandma, so we were all invited to Carmelita and Clemente's wedding.

I remember June 10 clearly because Grandma Lale had marked it on her calendar with a big *X*. That morning, my family and I got up early. We put on our best Sunday clothing, climbed into Dad's horse wagon, and took off for church, which was located across the Río Puerco about two miles from our home. At this time of the year, the monsoon season had not yet begun; it usually came in July and August. Therefore, crossing the river was no problem because there was very little water.

As we were ready to cross the Río Puerco, I heard the church bell tolling. The sacristan rang the bell once about fifteen minutes before Mass started and again every five minutes until the final tolling.

The trip to the placita from our house did not take very long, perhaps a half an hour. When we got there, several horse wagons and saddled horses were already under a cluster of tall trees that provided them ample shade. That's where Dad tied his horses before we walked to the church a short distance away.

By that time, relatives, friends, and guests had already lined up on both sides of the entrance to the church to catch a good glimpse of Carmelita. As she and her father dismounted a *bogue*, a fancy horse carriage, people erupted into loud applause. Grandma Lale told me later that the carriage belonged to a wealthy local *patrón*.

Carmelita was tall and very pretty. At least she seemed tall to me. Her long white dress, a small white hat, white gloves and white shoes, and a white mantilla draped over her shoulders added to her beauty. "She looks like an angel," Grandma Lale uttered quietly.

Clemente's attire was not as dazzling, but it was elegant nonetheless. He wore a dark blue suit, a white shirt, a light blue bow tie, silver cuff links, and sparkling black shoes. He was also tall and handsome.

"*¡Mira qué bonito el novio!* Look how dapper the grooms looks!" a little old lady whispered to her *comadre*, who was standing next to Mom.

As the bride and her father walked slowly toward the church entrance, they waved at the people who shouted words of congratulations and joy. "*¡Qué bonita te ves!*" one of the bystanders said. "*¡Buena suerte, mija!*" another woman exclaimed. Someone even shouted jokingly, "*¿Dónde está el novio?* Where's the groom?" But every word, every movement, every gesture added to the excitement.

Once inside the church, the atmosphere turned serious. The bride's mother, the padrinos—the wedding godparents—and groom all stood proudly in the front row as the bride and her father walked in, smiling. Then the bride and groom took their place in front of the altar. The priest watched the happy scene and then motioned for the parishioners to stand up.

The priest, a tall and imposing figure, had arrived the evening before from Jémez Springs, near Jémez Pueblo, northwest of Albuquerque. His journey to Ojo del Padre took two days by horse and buggy. From time to time he rode horseback, but it was still a two-day trip. He usually spent the first night at one of the other two villages in the Río Puerco valley, either San Luis or Cabezón.

Weddings were special for the priest as well. After he performed the wedding ceremony and declared Carmelita and Clemente husband and wife, they left the church smiling and waving. By now several well-wishers were waiting outside. Some waved; others clapped loudly and hollered words of encouragement and good fortune.

Then a violinist and a guitarist showed up in front of the church, followed by the bride and groom, the padrinos, and the parents of the newlyweds. The rest of the people walked behind the entourage as the musicians sang songs of joy until they reached the bride's home, which was not too far from the church. Most of the day's festivities took place at the bride's parents' place.

Once inside the bride's home, one of the first acts of good faith was for the newlyweds to kneel down in front of their four grandparents so that the *abuelitas*, the grandmas, of the bride and groom could bless them. Their blessings were traditional and also a good omen.

Following a brief reception of *bizcochitos*, *pastelitos*—small square fruit pies—and coffee, a hearty lunch was served around noon or shortly thereafter. By now many of the guests were surely hungry since they had fasted the night before to receive communion. The luncheon consisted of food that families of both the bride and the groom had prepared for the special day. Some local comadres also brought their favorite dishes.

Taking a quick look, I saw a long wooden table covered with different colored tablecloths and loaded with all kinds of delicacies, both everyday dishes and those considered special. Here are the foods that I remember seeing:

red chile sauce with beef jerky pounded in a metate
frijoles con chicos (pinto beans with dehydrated corn)
costillas asadas de res (roasted beef ribs)
morcillas (blood sausage)
chicharrones (pork cracklings)
arroz con pollo (chicken and rice)
caldito (a stew of diced beef and cubed potatoes)
torta de huevo (egg-yolk fritters fixed in red chile sauce)
torrejas (egg-yolk fritters fried in lard then dipped in caramel sauce)
papas fritas y machucadas or *molidas* (fried and mashed potatoes)
fideos (noodles similar to vermicelli)
legumbres: quelites, verdolagas, maíz, y alverjones (vegetables: spinach, purslane, corn, and peas)
tortillas de harina (flour tortillas)
pan al horno (homemade bread baked in an adobe oven)
bizcochitos (cinnamon sugar cookies)
arroz con pasas (sweet rice and raisin pudding)
natillas (custard pudding)
molletes (sweet anise rolls)
sopa (bread pudding)
pastelitos, (small, square fruit pies)
café con leche, vino tinto, té de hierbabuena, y agua (coffee, red wine, mint tea, and water)

The newlyweds and their godparents, parents, and grandparents ate first. Other family members and guests came afterward. The women who made sure there was plenty of food on the table, as well as children like myself, were the last ones to eat.

Once the bride and groom and the godparents finished eating, they retreated to the *sala de estar*, the living room. They talked, smiled, and listened to humorous and serious stories from couples who had been married a long time. "Take it from me, *te casates, te fregates*. Once you've married, you've had it," a gentleman said jokingly to Clemente, causing a burst of laughter from those present.

"Yes, and remember: *El que se casa, por todo pasa*. With marriage comes a slew of experiences," an elderly gentleman with a long, curled-up mustache presented more serious advice. These words of wisdom were those of the village *escribano*, the scribe, whom everyone looked up to as a *sabio*, a wise old man.

"*¡Los músicos, los músicos!* The musicians are here!" a woman shouted. "*¡La entriega, la entriega!*" another person hollered from somewhere in the house. He or she obviously knew why the musicians were there. I was really anxious to find out what the commotion was all about. Sure enough, the guitarist and violinist I saw at the church were there to perform what was called the *entriega de novios* (wedding song).

The two musicians stepped into the living room; by then it was packed like pumpkins in my father's pumpkin patch. They made their way to a half-opened window, paused, and poised themselves while people formed a semicircle around them. Dead silence promptly fell over the room. The guitarist—who in this case was also the *pueta*, or singer, called the *entregador*—began singing an entriega in Spanish to honor Carmelita and Clemente and their families.

> "Holy Mary," said the bird,
> before starting to fly.
> "And Holy Mary," say I,
> before starting to sing.
>
> I ask everyone's attention,
> among this honored audience,
> to celebrate the sacrament
> of these newlyweds.

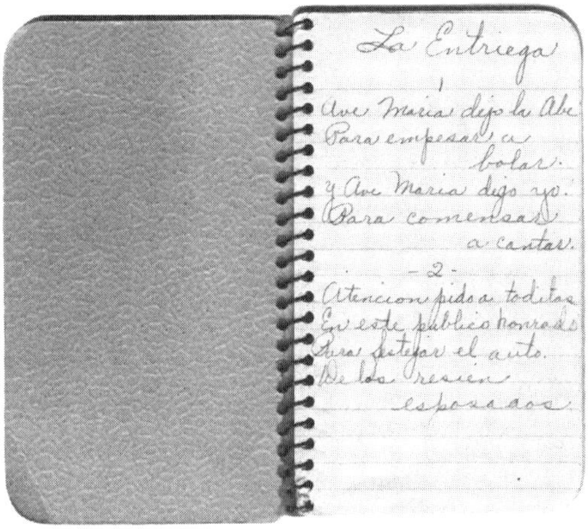

La entriega, the wedding song, is a folkloric gem of musical and poetic beauty that is unique to New Mexico.

The entriega was prearranged by the padrinos, and the bride and groom took center stage.

"*¿Dónde está la sábana?* Where's the bedsheet?" the escribano inquired.

No sooner said than done, three women came forward and spread a bedsheet in the middle of the living room floor. The entregador didn't skip a beat but continued singing.

Everything was happening so fast my head was spinning. I wondered about the bed sheet. The escribano, who no doubt knew the routine, glanced toward the *padrino*, the godfather. All eyes were on him. I noticed a shiny silver dollar in his right hand. He aimed and tossed the large coin, and it bounced and landed on the bedsheet. A round of applause erupted. That was the clue that others—men, women, and even children—could begin pitching their own coins onto the bedsheet to join in the celebration. My mom gave me a nickel and a dime to toss on the bedsheet. They landed on top of the other coins.

The longer the entregador sang, the more coins people pitched in. The clinking and clanking continued for a while as the pile grew higher and higher. There were pennies, nickels, dimes, quarters, and some *cuatro reales*, fifty-cent pieces. I had never seen so much money, not even in church when the priest passed around the collection plate. But the padrino's silver dollar was the only large coin. This was also part of the tradition; only the padrino was to supposed to pitch in a silver dollar. His silver coin was a special good-luck charm.

The entregador kept singing. Before long, people could tell that he had exhausted the words he knew by heart. "*¡Otro verso, otro verso!* Another verse!" the crowd cried.

Because of his gift with words and rhyme schemes, a good entregador was able to invent verses right on the spot. The more new verses he composed, the more money landed on the bedsheet to help Clemente and Carmelita start their new life together.

After a series of new verses and applause, the grandmothers and mothers of the newlyweds shed more than a few tears, but you could tell that they were tears of joy and happiness.

The entriega was slowly coming to an end. The last three stanzas, in particular the third to the last, were the clue.

> Parents of the newlyweds,
> listen to what I have to say.
> You must now offer your blessing
> to your son and daughter.
>
> The godfather and godmother
> already know their obligation.
> To deliver their godchildren
> (to parents, family, and friends)
> and to give them their blessing.

As the entregador ended his entriega, he expressed his appreciation and finished with an apology for his modest presentation.

> My singing has thus ended;
> it is time to bid you good-bye.
> I thank each and every one of you
> for my humble performance.

The entriega is a beautiful but sad song during which the entregador, the messenger of good will and sound advice, traditionally delivers the couple to their parents, their families, and the entire community. The entriega can be short or long, but the structure and rhyme of all entriegas are similar. With rare exception, entriegas contain two underlying messages for the bride and groom: they must obey the sacrament of matrimony, and they must uphold their spiritual and moral obligations not only as husband and wife but also as parents.

After the entriega was over, the couple sat quietly on a sofa in the living room, where guests chatted and continued to offer their best wishes. While women conversed in the kitchen, the padrino and his compadres socialized outside.

The padrino and his compadres exchanged stories of past weddings, including their own, but more importantly, now was the perfect time to plot the "kidnapping" of the bride. Stealing the bride and having someone offer to pay a ransom (which would be added to the money collected at the entriega) to rescue her was all in good taste and was one of the highlights of any wedding.

The two people who played a major role in stealing the bride were the padrinos, who were both conspirators. The padrino's responsibility was to keep Clemente entertained and away from his bride. The *madrina*, or godmother, on the other hand, was responsible for guarding the bride so that she was not lured away. But instead of being vigilant and acting as her protector, the madrina decided—with a little help from two or three of her comadres—to reverse her role. She became the fox in the chicken coop.

While the women talked and joked in the kitchen, someone lured the madrina away from the living room. By now, the bride was alone with only a few other women present. When the madrina returned to the living room, the bride surprisingly was gone!

"*¡Se robaron a la novia!* They stole the bride!" The words echoed throughout the rest of the house. Bedlam ensued. Who? What? How did it happen? The conspirators feigned surprise. Someone among the women, with the madrina's blessings and cooperation, had stolen the bride.

It was soon learned that the bride thief was a man on horseback wearing a black mask. This indeed was a surprise!

The search for the bride started slowly but rapidly gained momentum. Amid snickers, the men first looked for her in several places, among them the old abandoned school and the little adobe structure that housed the water well. But the bride was not anywhere.

The men conducted several searches. They looked for Carmelita in homes where people had left the doors open. "*Aquí no está.* She's not here. She's nowhere," they were told time and again.

Several old men suggested taking a look in the horse stable or inside the church. Oftentimes the sacristan left the church open in case people wanted to pray. A member of the search party proposed looking inside the padrinos' *dispensa*, a cool storage shed where they kept perishables during hot weather. On this particular day, the idea failed. The bride was not there either!

After all possible hiding places had been exhausted, word spread that the disguised man who had stolen the bride was none other than Vidal Sandoval. At one time he had wanted to marry Carmelita, but her parents *le habían dado calabazas*, had given him the pumpkins. Being rejected under any circumstances was not only a blow to the suitor's ego, but it was also a slight against his parents. A few villagers speculated that Vidal was now trying to embarrass Carmelita's parents. A couple of ladies who knew Vidal thought he might try to ruin her wedding day.

There were some tense moments and lots of chatter, particularly among the old folks, but the concern now was genuine. Apparently nothing resembling the present abduction had ever occurred in my village. Moreover, if Clemente should find out what really happened, the fun game could quickly become tragic.

It was rapidly confirmed that Carmelita's abductor was in fact Vidal Sandoval, the nephew of the madrina, who swore she didn't know that Carmelita's parents had at one time rejected Vidal's petition for her hand in marriage.

As every nook and cranny had been searched, the madrina felt tremendous pressure, not to mention guilt, since it was her idea to use her nephew's name as the kidnapper. She excused herself from the company of the rest of the women in the living room, and as she got up, she winked at one of her comadres and motioned with her head and eyes for her to follow.

A few minutes later, the comadres still in the house heard the madrina screaming in jubilation, "*¡Aquí está, aquí está!* She's here, she's here!" She emerged with Carmelita from the outhouse, an unlikely place to hide the bride. Poor Carmelita was blindfolded and had her hands and feet tied. She also had a diaper across her mouth so she couldn't scream or talk. She thought all of this was part of the game.

One of the women was so disgusted at the spectacle that she turned to her friend and said, "What an indignity, comadre! I've never heard of such a thing. I bet you anything that tonight she's going to stink to high heaven.

"Sí, sí, comadre," her friend replied. "Say no more. The important thing is that Carmelita is okay. Besides, a rattlesnake could have bitten her since they love the smell of outhouses."

"You're right, comadre. Let's be happy and leave it at that. It's time to go rest and get ready for tonight's shindig."

That evening, the wedding dance in Ojo del Padre was held at the dance hall; it was packed with villagers and residents from the outlying areas. The musicians kicked off the dance with the traditional grand march, which was led by the padrinos. Once the march was over, the padrino danced with the bride and the madrina with the groom. Next the groom danced with his mother, and the bride danced with her father. This was all part of the tradition in Ojo del Padre.

After that, men and women took turns dancing with the newlyweds. Ordinarily, the men tapped the bride's dance partner on the shoulder so they could cut in and dance with her. Women did something similar with the groom. In more modern times, it became customary for the men to pin a dollar bill on the bride's dress before dancing with her.

All of a sudden, there was a prolonged *uuuuuuuuuuuuhhh* from a group of women sitting near the entrance to the dance hall, but the music continued uninterrupted. Then a woman noticed something peculiar—something that looked like a man wearing a mask and tail and dressed in solid black clothing—walking across the dance floor. The woman shouted in a loud, boisterous voice, "*¡Ay, mamacita! ¡El diablo!* The devil!"

Everyone was shocked. Meanwhile, the man dressed in black approached Carmelita and her dance partner, tapped the partner on the shoulder, and proceeded to dance with Carmelita. Without uttering a word or paying attention to the *oohs* and *ahhs* of the women, he danced and danced. Carmelita was so wrapped up in the joyous atmosphere that she thought the masked man was also part of the fun.

The musicians stopped playing when they saw Clemente walking rapidly across the dance hall with clenched fists, prepared to beat up the masked man. It seemed that prior to the dance Clemente had learned about the man with the black mask. It was time to settle the score.

As Clemente came close to Carmelita, madder than a hornet, he yanked her away from the man in black. It suddenly dawned on her that something ugly was about to happen. But before matters got out of hand, the man in black spoke up.

"*¡Eh, primo! ¿Qué pasa?*" the masked man said. "What's wrong? Don't you know who I am? Don't you recognize my voice? It's me, Ramón!" The man then removed his mask.

"*¡Hijo 'e la patada!* Holy shit!" Clemente exclaimed. "I thought you were still in the army."

"I am," Ramón said, "but I heard you were getting married so I wanted to come surprise you."

"Boy, did you ever," Clemente countered. "Here, I want you to meet my wife, Carmelita."

"Never mind," Carmelita said. "We already met in the outhouse."

"So you're the *sinvergüenza*, the scoundrel!" Clemente exclaimed, knowing full well that only Ramón was capable of such shenanigans. "I had heard some guy named Vidal Sandoval had stolen Carmelita."

"*¡Qué va, primo!* No way! Your madrina just said that to keep my identity a secret because she knew you'd be happy to see me."

"Well, I'm glad you came," Clemente remarked to his favorite cousin.

"OK, so what do you say we dance and celebrate?" Ramón said.

"Great idea! But not with Carmelita, you hear? Not unless you get rid of that darn tail!"

¡Se robaron a la novia!

Los novios en su día de boda en 1935.

Era día sábado, una mañana preciosa, el día 10 de junio de 1944, en mi placita de Ojo del Padre. Una pareja, Carmelita de diez y seis años de edad y Clemente de veinte y tres, se iba a casar en la Iglesia de Virgen de Guadalupe. Yo estaba todo excitado porque jamás había asistido a una boda. Todo sería nuevo para mí, así que no quería que se me escapara nada. Camino a la placita, me prometí mantener los ojos abiertos como un gavilán y las orejas en el aire como las de un burro.

Las bodas en Ojo del Padre, según mi Abuelita Lale, eran una cosa alegre, y ella había observado muchas además de la suya en 1898. Se prestaba la oportunidad para que toda persona de la placita y familias que vivían cerca pudieran participar en la celebración. El enlace en matrimonio entre dos frescas flores, así como oí a mi abuelita expresarlo, era típico de comunidades de una orilla a otra en el valle del Río Puerco.

A muchos rancheros y labradores, que vivían un poco retirados de Ojo del Padre como mis abuelos paternales, aún se les consideraba ser parte de la placita. Yo y mis padres vivíamos a un lado de mi abuelito y de mi abuelita, de manera que todos fuimos invitados a la boda de Carmelita y Clemente.

Yo recuerdo el 10 de junio bien porque Abuelita Lale lo había marcado en su calendario con una equis grande. Esa mañana, yo y mi familia nos levantamos temprano. Nos pusimos la mejor ropa que teníamos, nos subimos en el carro de caballos de Papá, y nos fuimos a la iglesia, la cual estaba al otro lado del Río Puerco a unas dos millas de nuestra casa. A este tiempo del año, la temporada lluviosa todavía no empezaba; ésa llegaba por lo general en julio y agosto. Así que el cruzar el río no costó trabajo porque no llevaba mucha agua.

Estando para cruzar el Río Puerco, oí doblar la campana de la iglesia. El sacristán doblaba la campana una vez a eso de quince minutos antes de empezar la misa y luego cada cinco minutos hasta el último repique.

El viaje de nuestra casa a la placita no tardó mucho, tal vez una media hora. Cuando llegamos, varios carros de caballo y caballos ensillados ya estaban debajo de un montón de árboles altos que daban bastante sombra. Allí fue donde amarró Papá los caballos antes que camináramos para la iglesia a una corta distancia.

Para ese entonces, parientes, amigos, y huéspedes ya se habían alineado en ambos lados de la entrada de la iglesia para darle una mirada rápida a Carmelita. Al bajarse ella y su padre de un elegante carruaje de caballos, la gente dio un aplauso fuerte. Abuelita Lale me dijo más tarde que el carruaje pertenecía a un patrón rico de la placita.

Carmelita era alta y muy bonita. Por lo menos se me hacía alta. Su largo vestido blanco, un pequeño sombrero blanco, guantes y zapatos blancos, y una mantilla blanca sobre los hombros aumentaban su belleza. —Parece un ángel—dijo Abuelita Lale en silencio.

El traje de Clemente no era tan brillante. No obstante, era elegante. Llevaba puesto un traje azul oscuro, camisa blanca, corbata de lazo azul claro, gemelos de plata, y unos zapatos negros relumbrosos. Él también era alto y bien parecido.

—¡Mira qué bonito el novio!—dijo en voz baja una viejita a su comadre, que estaba al lado de Mamá.

Conforme caminaban despacito la novia y su padre hacia la entrada de la iglesia, iban saludando a la gente que ofrecía sus felicidades y saludos de alegría. —¡Qué bonita te ves!—gritó una de las personas presentes. —¡Buena suerte, mija!—gritó otra mujer en voz alta. Hubo quien dijera chistosamente,

—¿Dónde está el novio?—pero cada palabra, cada momento, cada gesto contribuía a toda la emoción.

Una vez dentro de la iglesia, el ambiente se puso serio. La madre de la novia, los padrinos, y el novio estaban paraditos en el primer banco mientras la novia y su padre entraron sonriéndose. Entonces la novia y el novio tomaron su sitio delante del altar. El cura observaba aquella escena alegre y luego les pidió a los feligreses que se pusieran de pie.

El cura, un hombre alto e imponente, llegó la noche anterior de Jémez Springs, cerca del Pueblo de Jémez, al noroeste de Alburquerque. Su viaje a Ojo del Padre tardaba dos días en carruaje de caballos. De vez en cuando iba a caballo, pero todavía era un viaje de dos días. Normalmente pasaba la primera noche en una de las otras placitas en el valle del Río Puerco, ya fuera San Luis o Cabezón.

Las bodas también eran algo especial para el cura. Después de la ceremonia declaró a Carmelita y a Clemente esposo y esposa, y salieron de la iglesia sonriendo y saludando a la gente. Ya para ahora varios amigos íntimos estaban esperándolos afuera. Algunos saludaban con la mano; otros daban palmadas fuertes y gritaban palabras de ánimo y buena fortuna.

Luego se presentaron delante de la iglesia dos músicos, un violinista y un guitarrista, seguidos de los novios, los padrinos, y los padres de los recién casados. La demás de la gente iba detrás mientras que los músicos cantaban canciones alegres hasta que llegaron a la casa de la novia, la cual no estaba muy lejos de la iglesia. La mayoría de las festividades tendrían lugar en la casa de sus padres.

Ya estando dentro de la casa de la novia, uno de los primeros actos de fe era que los recién casados se hincaran delante de sus cuatro abuelos para que las abuelitas de los novios les echaran su bendición. La bendición de cada una de ellas era tanto tradicional como también un buen gesto.

Tras una recepción de bizcochitos, pastelitos, y café, un almuerzo fuerte se sirvió a eso del mediodía o poco después. Para ese entonces muchos de los huéspedes seguramente que estaban con hambre ya que habían ayunado la noche antes para recibir comunión. El almuerzo consistía en comidas que las familias de los novios habían preparado para aquel día especial. Hasta algunas comadres de la placita también habían llevado sus platos favoritos.

Al dar una mirada, vi una mesa larga de madera cubierta de manteles de diferentes colores y llena de todo tipo de comidas exquisitas, tanto platos típicos como también los que se consideraban especiales. He aquí las comidas que yo recuerdo haber visto:

chile colorado con carne seca machacada en un metate
frijoles con chicos
costillas asadas de res
morcillas
chicharrones
arroz con pollo
caldito (un guiso de carne de res picada con patatas)
torta de huevo con chile colorado
torrejas (en caramelo)
patatas fritas o molidas
fideos
legumbres como quelites, verdolagas, maíz, y alverjones
tortillas de harina blanca
pan hecho al horno de adobe
bizcochitos
arroz dulce con pasas
natillas
molletes
sopa
pastelitos de fruta
café, vino tinto, té de hierbabuena, y agua

Los recién casados y los padrinos, los padres y abuelos de los novios comieron primero. Otros miembros de las familias y huéspedes comieron después. Las mujeres que cuidaban que no faltara comida en la mesa, fueron las últimas para comer, junto con los niños como yo.

Una vez que la novia y el novio y los padrinos habían comido, se fueron a la sala de estar. Charlaron, sonrieron, y escucharon cuentos chistosos y serios de matrimonios que habían estado casados por mucho tiempo. —Escúchame, te casates, te fregates—le dijo bromeando un señor a Clemente, y soltaron la risa todos los que estaban presentes.

—Sí, y acuérdate: El que se casa, por todo pasa—consejo más serio que vino de un anciano con un bigote torcido. Estas palabras sagaces eran las del escribano de la placita, a quien todos estimaban como un sabio.

—¡Los músicos, los músicos! ¡Han llegado los músicos!—gritó una señora. —¡La entriega, la entriega!—exclamó otra persona desde otro rincón de la casa. La persona sin duda sabía por qué habían llegado los músicos. Yo me desesperaba por saber de qué se trataba todo aquel ruido. Dicho y hecho, el guitarrista y el violinista a quienes vi en la iglesia estaban allí para cantar lo que se llamaba la entriega de novios.

Los dos músicos pasaron a la sala de estar; para ese entonces ya estaba llena de calabazas como la siembra de mi papá. Se acercaron a una ventana que estaba medio abierta, pausaron, y se prepararon mientras la gente se puso alrededor de ellos. Pronto sobrevino un silencio sepulcral en la sala. El guitarrista—que en este caso era también el cantador o pueta llamado el entregador—comenzó a cantar la entriega en honor de Carmelita y Clemente y sus familias.

—Ave María—dijo la abe
para empesar a bolar.
—Y Ave María—digo yo,
para comensar a cantar.

Atención pido a toditos,
en este público honrado,
para festejar el auto
de los resién esposados.

La entriega fue arreglada de antemano por los padrinos, y la novia y el novio eran los de toda la atención.

—¿Dónde está la sábana?—preguntó el escribano.

Dicho y hecho, tres mujeres se presentaron y extendieron una sábana en medio de la sala de estar. El entregador no paró ni por un momentito sino que continuó cantando.

Todo venía ocurriendo tan rápido que yo me quedé aturdido. Me preguntaba que si de qué se trataba la sábana. El escribano, que sin duda conocía la rutina, miró hacia donde estaba el padrino. Todos pusieron los ojos en él. Noté que tenía un peso relumbroso de plata en la mano derecha. Apuntó y tiró la moneda, dio un salto y fue a dar en la sábana. Se oyó una salva de aplausos. Ésa era la señal que otras gentes—hombres, mujeres, y hasta niños—podían empezar a tirar sus propias monedas en la sábana para tomar parte en la celebración. Mi mamá me dio una moneda de cinco centavos y otra de diez para que las tirara en la sábana. Cayeron arriba de las otras monedas.

Cuanto más cantaba el entregador, tanto más monedas tiraba la gente. El tintineo y el sonido continuaron por un buen rato mientras que la pila de monedas fue creciendo cada vez más. Había monedas de un centavo, de cinco centavos, de diez centavos, de dos reales, y algunas de cuatro reales. Yo nunca había visto tanto dinero, ni siquiera en la iglesia cuando el cura pasaba su plato de colecta. Pero el peso de plata del padrino era la única moneda grande. Esto también era parte de la tradición; solamente el padrino suponía echar un peso de plata. Su moneda de plata era algo especial y símbolo de buena suerte.

El entregador seguía cantando. Dentro de poco, la gente se dio cuenta que ya no sabía más versos de memoria. —¡Otro verso, otro verso!—gritó la muchedumbre.

Gracias a su don con palabras y rimas, un buen entregador era capaz de inventar versos a cualquier momento. Cuanto más versos componía, tanto más dinero caía en la sábana para ayudarles a Clemente y a Carmelita empezar sus vidas juntos.

Tras una serie de versos nuevos y aplausos, las abuelitas y las madres de los recién casados derramaban su buena cantidad de lágrimas, pero se notaba que eran lágrimas de alegría y felicidad.

Poco a poco la entriega se iba acabando. Las últimas tres estrofas, en particular la antepenúltima, eran la señal.

> Padres de los esposados,
> escuchen les voy a hablar.
> La bendición a sus hijos
> ya se la deben de echar.
>
> El padrino y la madrina
> ya saben su obligación.
> De entregar a sus hijados
> (a los padres, familia, y amigos)
> y echarles la bendición.

Al terminar el entregador su entriega, él expresó su aprecio y acabó con una apología por su humilde presentación.

> Aquí acabo cantando;
> ya con ésta me despido.
> A todos les doy las gracias
> despensen lo mal servido.

La entriega es una bonita pero triste canción en la que el entregador, el mensajero de buena fortuna y de buenos consejos, entrega tradicionalmente los novios a sus padres, a sus familias, y a la comunidad entera. La entriega puede ser corta o larga, pero la estructura y la rima de todas las entriegas son semejantes. Con rara excepción, las entriegas contienen dos mensajes fundamentales para la novia y el novio: deben de obedecer el sacramento matrimonial, y deben de cumplir con la obligación espiritual y moral no sólo como marido y esposa sino también como padres.

Después de terminarse la entriega, los novios se sentaron tranquilamente en un sofá en la sala de estar, donde los huéspedes platicaban y seguían felicitándolos. Mientras que las mujeres conversaban en la cocina, el padrino y sus compadres platicaban fuera de la casa.

El padrino y sus compadres se contaban historias de bodas del pasado, incluyendo las suyas, pero, más importante aún, ahora era el tiempo perfecto para planear el "robo" de la novia. El robarse a la novia y teniendo a alguien que pagara un rescate (el cual se agregaría al dinero ya recogido en la entriega) para rescatarla, era parte del gusto y uno de los momentos sobresalientes de cualquier boda.

Las dos personas que jugaban un papel importante en robarse a la novia eran los padrinos, ambos conspiradores. El deber del padrino era entretener a Clemente y mantenerlo lejos de la novia. La madrina, por su parte, era responsable por proteger a la novia para que no se la robaran. Pero en vez de estar

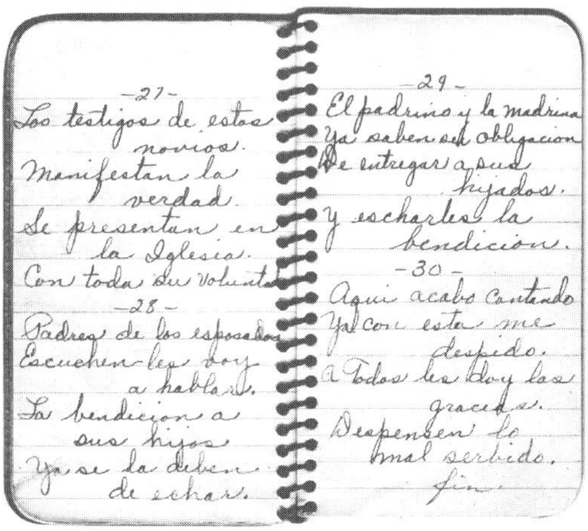

-27-
Los testigos de estos
novios.
Manifestan la
verdad.
Se presentan en
la Iglesia.
Con toda su volunta
-28-
Padres de los esposados
Escuchen les doy
a hablar.
La bendicion a
sus hijos
ya se la deben
de echar.

-29-
El padrino y la madrina
ya saben su obligacion
de entregar a sus
hijados.
y echarles la
bendicion.
-30-
Aqui acabo cantando
ya con esta me
despido.
a todos les doy las
gracias.
Despensen lo
mal serbido.
fin.

La entriega es una joya folklórica de belleza musical
y poética, que vino al mundo en Nuevo México.

atenta y actuar como su protectora, la madrina decidió—con la ayuda de dos o tres de sus comadres—invertir su papel. Se convirtió en la zorra en el gallinero.

Mientras que las mujeres conversaban y bromeaban en la cocina, alguien sacó a la madrina de la sala de estar. En ese momento, la novia se quedó sola con apenas otras mujeres presentes. Cuando la madrina regresó a la sala de estar, ¡la novia milagrosamente había desaparecido!

—¡Se robaron a la novia!—. Las palabras retumbaron por toda la casa. Estalló un gran revoltijo. —¿Quién? ¿Qué? ¿Cómo pasó?—. Las conspiradoras fingían sorpresa. Alguien entre las mujeres, con el consentimiento y la cooperación de la madrina, se había robado a la novia.

Pronto se supo que el ladrón de la novia era un hombre a caballo con una máscara negra. ¡Esto sí que era una sorpresa!

La búsqueda de la novia empezó despacito pero pronto aceleró. Con sus risitas, los hombres la buscaron primero en varios lugares, entre ellos la escuela que estaba abandonada y la pequeña casita de adobe donde se encontraba la noria. Pero la novia no se hallaba en ningún sitio.

Los hombres siguieron viendo. Buscaron a Carmelita en casas donde la gente había dejado las puertas abiertas. —Aquí no está. No se ve en ninguna parte—se les dijo una y otra vez.

Algunos hombres ancianos sugirieron que dieran un vistazo en la caballeriza o dentro de la iglesia. A menudo el sacristán dejaba la iglesia abierta en caso de que hubiera gente que quería rezar. Un miembro del grupo de la búsqueda propuso que vieran en la dispensa de los padrinos, donde guardaban ellos productos delicados cuando hacía calor. En este día en particular, la idea fracasó. ¡La novia no estaba allí tampoco!

Después de haberse agotado casi todos los escondites, el mitote ahora era que el hombre disfrazado que se había robado a la novia era nada menos que Vidal Sandoval. En una época él había querido casarse con Carmelita, pero sus padres le habían dado calabazas. El ser rechazado bajo cualesquier circumstancias era no sólo un golpe para el pretendiente, sino también un desaire contra sus padres. Algunos aldeanos pensaban que Vidal ahora trataba de avergonzar a los padres de Carmelita. Dos mujeres que conocían a Vidal creían que él a lo mejor trataría de arruinar su día de boda.

Hubo unos momentos tensos y mucho palabreo, en particular entre los ancianos, pero la preocupación ahora era seria. Aparentemente nada parecido al presente robo jamás había ocurrido en mi placita. Además, si Clemente supiera lo que de veras había pasado, el juego en broma podía volverse trágico de un momento a otro.

Bien pronto se confirmó que el ladrón de Carmelita sí era Vidal Sandoval, sobrino de la madrina; ella juraba que no sabía que en una ocasión los padres de Carmelita le habían dado calabazas a Vidal.

Habiéndose buscado todo lugarcito, la madrina, además de sentirse culpable, sentía una presión tremenda, ya que había sido su idea de usar el nombre de su sobrino como el ladrón. La madrina se disculpó del resto de la mujeres en la sala de estar, y al ponerse de pie, ella le hizo un guiño a una de sus comadres y moviendo la cabeza y los ojos le indicó que la siguiera.

Unos minutos más tarde, las comadres que todavía estaban en la casa oyeron a la madrina gritar en regocijo. —¡Aquí está, aquí está!—. Salió con Carmelita del escusao, un lugar inesperado para esconder a la novia. La pobrecita Carmelita tenía los ojos vendados y las manos y pies atados. También tenía un pañal en la boca para que no gritara o hablara. Ella pensó que todo esto era parte del juego.

Una de las mujeres estaba tan repugnada con aquel espectáculo que se dirigió a su amiga que estaba a su lado y le dijo, —¡Qué indignidad, comadre! Yo jamás había oído de tal cosa. Le apuesto que esta noche va a apestar.

—Sí, sí comadre—le contestó su amiga—. No diga nada más. Lo importante es que Carmelita está bien. No sólo eso, una víbora le podría haber picado siendo que les encanta la jedentina de los escusaos.

—Usted tiene razón, comadre. Hay que estar contentas y dejemos el asunto. Ya es hora de ir a descansar y prepararnos para el bolote de esta noche.

Esa noche, el baile de boda en Ojo del Padre tuvo lugar en la sala de baile; estaba llenita de aldeanos y con residentes de lugarcitos cercanos. Los músicos empezaron el baile con la gran marcha, la cual era tradición y encabezada por los padrinos. Una vez que se había acabado la marcha, el padrino bailó con la novia y la madrina hizo lo mismo con el novio. Luego bailó el novio con su madre, y la novia con su padre. Todo esto era parte de una tradición en Ojo del Padre.

Después, los hombres y las mujeres tomaron su turno bailando con los recién casados. Por lo general, los hombres tocaban el hombro del compañero que andaba bailando con la novia para bailar con ella. Las mujeres hacían algo parecido con el novio. En tiempos modernos, era costumbre que los hombres prendieran un billete de un dólar en el vestido de la novia antes de bailar con ella.

De buenas a primeras, se oyó un *uuuuuuuuuuuuh* largo de unas mujeres que estaban sentadas cerca de la entrada de la sala de baile, pero la música continuó sin interrupirse. Luego una mujer notó algo raro—algo que parecía un hombre con una máscara y una cola y vestido todo de negro—atravezando por la sala de baile. La mujer gritó en una voz fuerte y ruidosa, —¡Ay, mamacita! ¡El diablo!

Todos se quedaron asustados. Entretanto, el hombre vestido de negro se acercó a Carmelita y a su pareja de baile, le tocó el hombro a su compañero, y se puso a bailar con Carmelita. Sin decir una palabra o sin prestar atención a los *oohs* y a los *ahhs* de las mujeres, él bailaba y bailaba. Carmelita estaba tan involucrada en el ambiente de alegría que pensó que el hombre enmascarado también era parte de la diversión.

Los músicos dejaron de tocar cuando vieron a Clemente que caminaba rápidamente por la sala con las manos hechas puños, listo para darle sus puñetazos al enmascarado. Es que antes del baile Clemente supo algo del hombre con la máscara negra. Ya era hora de arreglar el asunto.

Al acercarse Clemente a Carmelita, más bravo que un toro, él le dio un tirón y se la quitó al hombre en negro. Inmediatamente se dio cuenta ella de que algo feo estaba por ocurrir. Pero antes de que se volviera todo un revoltijo, el hombre en negro habló.

—¡Eh, primo! ¿Qué pasa?—dijo el enmascarado—. ¿Qué no sabes quién soy? ¿No reconoces mi voz? Soy yo, Ramón—. Y el hombre luego se quitó la máscara.

—¡Hijo 'e la patada!—gritó Clemente—. Yo creí que todavía estabas en el ejército.

—Sí estoy—dijo Ramón—, pero oí decir que te ibas a casar de modo que quería venir a sorprenderte.

—Vaya, que si me sorprendiste—contestó Clemente—. Mira, quiero que conozcas a mi esposa, Carmelita.

—No te preocupes—dijo Carmelita—. Ya nos conocimos en el escusao.

—¡Así que tú eres el sinvergüenza!—exclamó Clemente, sabiendo bien claro que solamente alguien como Ramón era capaz de tales bromas—. Oí decir que un tal Vidal Sandoval se había robado a Carmelita.

—¡Qué va, primo! Tu madrina sólo dijo eso para proteger mi identidad porque ella sabía que tú estarías contento de verme.

—Sí, me alegro que vinieras—comentó Clemente a su primo favorito.

—Bueno, ¿por qué no bailamos y celebramos?—dijo Ramón.

—¡Buena idea! Pero no con Carmelita, ¿entiendes? ¡A menos que te deshagas de esa maldita cola!

Glossary

The following words appear in the English version of the stories and are listed here in case their meaning, subleties, or pronunciation as we know them in New Mexico are unfamiliar to the English-speaker or to some Spanish-speakers.

abuelita	Diminutive of *abuela* (grandma). Similar to *granny* in English.
alabado (alabao)	Hymn of praise or passion ballads.
alverjones	Peas.
amá	Short for *mamá*; common in New Mexico.
angelito	"Little angel." A term of endearment applied to a newborn baby.
arbolario (herbolario)	An herb specialist or healer. Oftentimes thought of as a witch doctor capable of curing bewitched victims.
arroz con pasas	Sweet rice and raisin pudding.
arroz con pollo	Chicken and rice.
atole	Blue corn gruel.
bizcochito	New Mexico's state cinnamon cookie, traditionally made with flour, lard, sugar, and anise seeds.
bogue	Spanish adaptation of the English word *buggy*.
botella	A euphemism for liquor among old-timers like my father back in the Río Puerco valley in New Mexico.

bruja	A witch or purveyor of black magic.
brujo	A sorcerer who inflicts physical or mental harm on victims and practices black magic.
bulto	A ghostly apparition.
cabrona	An old hag; a bitch.
caca	Pooh-pooh, poop.
caldito	A stew of diced beef and cubed potatoes.
capirotada	Bread pudding. *Capirotada* is the word more commonly used in southern New Mexico than in the north.
comadre	A "co-mother," who acts as co-parent of a friend or relative's son or daughter at baptism or marriage.
compadre	A "co-father," who acts as co-parent of a friend or relative's son or daughter at baptism or marriage.
consentido	Spoiled, especially when referring to children.
corrida (del gallo)	Rooster racing, rooster pull.
costillas asadas de res	Roasted beef ribs.
(la) cosa mala	Evil spirit.
cuate	Pal, buddy, chum.
chicharrones	Pig crackling: diced, fried pork fat.
chicos	Dehydrated corn used for added flavor when cooking pinto beans.
chicote	Horsewhip.
chispa	Literally "spark"; a come-on, a flirt.
dar calabazas	Literally "to give pumpkins"; to reject a young man's marriage proposal.
desquite	Revenge, payback.
días de fiesta	Holidays, either secular or religious.
dispensa	Storage shed.
don	An honorific title used with a man's first name to show respect, e.g., don Juan.
doña	An honorific title used with a woman's first name to show respect, e.g., doña Juana.
empanadita	A turnover deep-fried and filled with fruit or mincemeat.
empataos (empatados)	A tied score, tied teams.
encimoso	A pest or a hanger-on.
entregador	A singer of *entriegas* (wedding songs).
era	Threshing floor or field.
escribano	A scribe or public writer. A community person entrusted to write personal letters.

escusao (escusado)	Outhouse or toilet. The words *común* and *privado* (*privao*) were also commonly used in some small New Mexican villages.
faceto	Conceited; a show-off, a braggart.
fideos	Noodles similar to vermicelli.
frijoles con chicos	Pinto beans with dehydrated corn.
gallero	A horseman or rider who participates in rooster racing.
gustoso	Pleasant, happy-go-lucky.
hijito	A term of endearment (similar to "my dear son").
hijo 'e la patada	"Holy shit."
hijo mío	My (dear) son.
horno	A beehive-like outdoor adobe oven.
legumbres	Vegetables.
masa	Dough used for making flat corn-flour tortillas.
merienda	A snack, usually eaten in the afternoon.
metate	A hollowed stone for grinding corn.
mollete	A sweet roll that looks like a small loaf of unsliced bread.
morcilla	Blood sausage, made with cow's blood, chopped onions, and garlic, plus other ingredients. It was once common in New Mexico and is still very popular in small villages in Spain.
natillas	Pudding or custard. A New Mexican delicacy and favorite dessert.
nicho	A niche in the adobe wall inside the house for a religious statue.
padrinos	Godparents, for baptism or marriage.
pan al horno	Homemade bread baked in an adobe oven.
papas fritas y machucadas or *molidas*	Fried and mashed potatoes.
pastelitos	Small, square fruit pies.
patrón	Boss. A local political or community leader.
pendejo	Stupid; a dolt.
placita	A village or small town.
quelites	Spinach.
ratonera	A mouse-eating snake, a bullsnake.
reales	A monetary unit known as "bits." *Dos reales*, or "two bits," equals a quarter (twenty-five cents), and *cuatro reales*, "four bits," equals a half-dollar.

San Cristóbal	Saint Christopher was revered as the patron saint of travelers until 1969 when the Vatican demoted him.
sala de estar (de recibo)	Living room.
santo	A statue of a saint made of wood or yeso (gypsum).
señor	Mister or sir. Used in front of a surname, e.g., Señor Ventura (Mr. Ventura).
señora	Mistress or ma'am. Used in front of a surname, e.g., Señora Leyba (Mrs. Leyba).
sinvergüenza	Rascal, scoundrel.
sobador	A bonesetter or chiropractor, popular among common folks.
sopa	Bread pudding, made with toasted bread, longhorn cheese, cinnamon, and raisins.
té de hierbabuena	Mint tea.
torrejas	Egg-yolk fritters fried in lard then dipped in caramel sauce.
torta de huevo	Egg-yolk fritters fixed in red chile sauce.
tortillas	Corn flour tortillas.
travieso	Mischievous, naughty.
trementina	Sticky sap from pine trees. When I was a kid, my cousins and I chewed it instead of gum.
turco	Gypsy, palm reader.
verdolagas	Purslane, a kind of green vegetable grown in the wild. It is eaten boiled or fried.
viejo	Dear. A term of endearment by a wife for her husband.
vino tinto	Red wine.
zacatón	A kind of bushy grass that grows about twenty inches tall or more.

Glosario

El propósito de este glosario es citar el dialecto español de Nuevo México, el uso moderno o standard, y por fin dar una traducción en inglés de cada palabra. Hoy día muchas de estas palabras nuevomexicanas no se encuentran en el habla española del hispano de Nuevo México, pero sí se oyen en algunos pueblitos de España.

New Mexico Spanish / Standard Spanish / English Translation

abe	*ave*	bird, fowl
acafetado	*color café, marrón*	brown
aguardiente	*juisque*, whiskey	whiskey
ahi	*ahí*	there, close by
alverjones	*arvejones*	peas
amá	*mamá*	mom
atole	*atole (del azteca, atolli)*	blue corn gruel
bizcochitos	*bizcochitos*	cinammon cookies
bolar	*volar*	to fly
bolote	*borlote*	rowdy dance
cajete	*tina*	tin tub
calorón	*calor bochornoso*	extremely hot

campo	*sitio donde se acampa, camping*	campsite
camposanto	*cementerio*	cemetery
carpa	*tienda*	tent
carrera	*velocidad*	speed
casates	*casaste*	you got married
cerco	*cerca*	fence
cincho	*cincha*	cinch
carro	*coche*	car
comensar	*comenzar*	to begin, to start
costumbrar	*acostumbrar*	to be in the habit of
cuate	*compañero*	chum, pal
cubeta	*cubo*	bucket
culebra	*víbora, serpiente*	snake
chichigüite	*turquesa*	turquoise
chamizo, chamiso	*chamiza, chamisa*	sagebrush
cuate	*compañero*	chum, pal
despensen	*dispensen*	excuse, forgive
dispensa	*despensa*	storage shed, pantry
dos reales	*veinte y cinco centavos*	two bits (twenty-five cents)
empataos	*empatados*	tied (as in a game)
empesar	*empezar*	to begin
encimoso	*pesado*	a pest, a hanger-on
entriega de novios	*entrega de novios*	wedding song
escusado, escusao	*retrete*	outhouse, toilet
esposaos	*esposados*	newly married
faceto (noun and adjective)	*jactancioso, fanfarrón*	show-off
fogoncito	*fogón*	pot belly stove
fregates	*fregaste*	you've had it
gallada	*corrida del gallo*	rooster racing, rooster pull
gaita	*trampa*	a deceitful trick
guangoche	*arpillera*	gunnysack, burlap
hicites	*hiciste*	made
hijada	*ahijada*	goddaughter
hijado	*ahijado*	godson, godchild
hijo 'e la patada	*hijo de la patada*	holy shit

híjole	*córcholis*	damn, holy shit
historia	*cuento*	story, tale
jacal	*xacal (del náhuatal)*	a small hut whose walls consist of crude vertical poles filled in between with mud
jedentina	*hedentina*	foul odor, stench
jonda	*honda, tirador*	slingshot
libro (primero)	*nivel*	(first) grade, level
mami	*mamá*	mom
manifestan	*manifiestan*	(they) show
mijo	*mi hijo*	my son
maromas	*acróbatas*	acrobatic stunts
navajó	*navajo*	Navajo
negocio	*tarea*	chore, task
noria	*pozo artesiano*	artesian well
pa	*para*	for
papá grande	*abuelo*	grandfather
parquete	*paquete*	brown paper bag
patrón	*jefe*	political boss
pinabete	*pino*	pine tree
placita	*aldea*	village, small town
pueta	*poeta*	poet
quelites	*espinacas*	spinach
real, reales	*centavo, centavos*	"bits" (two bits is equal to twenty-five cents)
requesón	*queso*	ball of homemade cheese made with cow's milk and rennet
rumos	*reúma, reuma*	rheumatism
semos	*somos*	we are
serbido	*servido*	served
saguaripa	*sombrero de paja*	straw hat
sobador	*ensalmador*	bonesetter
sopa	*capirotada*	bread pudding
tardecita	*tarde*	late afternoon
turcos	*gitanos*	Gypsies
vaya	*no me diga*	come now
viejo	*cariño, amor, esposo*	dear, husband

víbora	*serpiente*	snake (poisonous)
vites	*viste*	you saw
yarda	*yard* (adaptacíon del inglés)	yard (three feet)
zacatón	*pasto*	tall grass
zoquete	*lodo*	mud